JN271787

四季彩のサロメまたは背徳の省察

Written by Akimaro Mori

森晶麿

早川書房

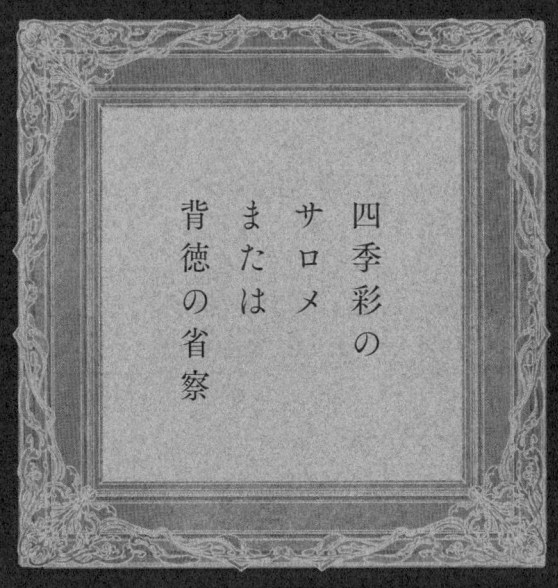

四季彩のサロメまたは背徳の省察

Index

カバーイラスト／丹地陽子
装幀／ハヤカワ・デザイン

エロド　不思議な月だな、今宵の月は。さうであらう、不思議な月ではないか？　どう見ても、狂女だな、行くさきざき男を探し求めて歩く狂つた女のやうな。それも、素肌のまゝ。一糸もまとうてはをらぬ。さきほどから雲が衣をかけようとしてゐるのだが、月はそれを避けてゐる。（われから中空に素肌をさらして。）酔うた女のやうに雲間を縫うて、よろめいて行く……きつと男を探し求めてゐるのであらう……酔うた女の足どりのやうではないか？　まるで狂女のやうではないか？

エロディアス　いゝえ。月は月のやう、たゞそれだけのことでございます。中へはいりませう……こゝに御用はないはず。

『サロメ』オスカー・ワイルド／福田恆存訳（岩波文庫）

プロローグ

月夜の晩だった。

私は固体と液体とのあわいにある方形のなかを覗き込む。

そこに——サロメが現れた。

私が微笑むと、サロメも微笑む。

映し鏡のように同じタイミングで。

それから、私は愛している男の名前を呼んだ。室内に声は響き渡り、平面のなかのサロメもまた同じように男の名前を呼んだ。

愛している、あなたを愛している。

大地から月の彼方まで、深く深く突き通せるほどにその想いは強い。

言葉を発しようとして、すぐに口を噤《つぐ》んだ。

呼吸が乱れていた。
震えながら吐き出された息は、微かに白くなる。
私は深く息を吸いこみ、ゆっくりと吐き出した。
それから、もう一度平面に語りかける。
「こんにちは。あなたが私のナイフから逃れて、私と向き合えているといいわね」
喋りながら、心ひそかに私は念じる。
私はサロメ。欲しいものは必ず手に入れる。
たとえ——命と引き換えにしても。

青い春と
今は亡き
サロメ

1　神殿の花々

それは俺が生まれて初めて自分に課した禁欲期での出来事だった。

何事も我慢することを知らなかった俺は、二カ月前に大いなる喪失を経験した結果、初めてあらゆるものに対して禁欲的であらねば、と思うようになっていた。身近な者の死は、時に思いもかけぬ決断をさせることになるものらしい。

「忍《しのぶ》さまはつまらないわ。最近ちっとも遊んでくださらない」

ツンと口を尖らせ、神奈《かんな》はそっぽを向いた。ボーイッシュなショートボブに、やや短すぎるプリーツスカート。ほどよい弾力性をもった白い太腿《ふともも》は、さながら別の意思をもった生き物のように、窓から差し込む桜の木洩れ日にきらめいていた。四月も半ばに差しかかると、昼下がりのこの部室は散った桜の分だけ光で溢れかえる。

「卒業がかかっているんだ。仕方ないだろ？」

俺は読書の手を休め、シャツの上から彼女の柔らかな乳房をそっと摑んだ。アンブラ社製のブラジャーか。つるりとした手触りと細かな刺繡の感触が、身体に記された背徳の書でも繙《ひもと》くように心地良い。

神奈は読み進めていた本にしおりを挟んで閉じ、恍惚とした表情を浮かべた。彼女にしてみれば、乳房を弄《もてあそ》ばれるくらいで機嫌が直ったと思われるのは癪《しゃく》だったろうが、事実機嫌は直ったのであり、俺もまたすぐにそれを読み取った。

赤い唇が、ゆっくり「しのぶさま」と動くのが見えた。

「また始まった」と暢気な猫のように欠伸《あくび》をしながら、道子《みちこ》は言う。腐れ縁だから、今さら俺がこの場で何を始めようと何も思いはしない。彼女はドア付近にある古びた椅子の上で体育座りをしながら、つげ義春の『紅い花』を読み耽《ふけ》っている。

神奈は道子の存在など知らぬ素振りで、俺のブレザーの金ボタンに手をかけようとする。俺はその手をよける。脱がせようとしてもそうはいくものか。今は禁欲期なのだ。

ここは二棟が並んでいる私立扇央《せんおう》高校の南校舎二階にある朗読部部室。東側の壁面にはギュスターヴ・モロー《まぼろし》の複製画が、西側にはフランシスコ・デ・スルバラン《聖アガタ》の複製画がそれぞれ飾られている。一つは宙に浮いた生首を見つめる金繡の衣装を纏《まと》った女が描かれ、もう一つには皿に己の切り取られた乳房を載せてぼんやりと佇む女が描かれている。

部室は俺の神殿であり、俺の趣向による調度品で飾られている。バルテュスの描く少女のような官能美溢れる脚をもった机と椅子、卓上には乳房を模した羅針盤、ひとりでにブリッジをする美女のオートマタ、デスクトップパソコンの画面では、マウスをいじらないかぎりしじゅう人魚が泳いで俺を誘惑している。

そして、所狭しと散乱する、書物、書物、書物……。

俺はこの高校の三年生だ。曾祖父が創設者だから、進学せず家業を継ぐ予定だ。大学へ行く気はない。研究に汗水を流すより、私財を管理するほうが性に合っている。父も俺が教師より運営者に向いていると察したらしく、卒業後すぐに運営を学ばせるつもりでいる。

神奈の胸から手を離して背後から抱きすくめ、尋ねる。

「何を読んでいる？」

神奈はまだ恍惚としていて何を尋ねられたのかわからない様子だったが、それでも我を取り戻して答えた。

「『サロメ』」

「悪女にでもなる勉強か」

新約聖書のなかの挿話をもとにしたオスカー・ワイルドによる戯曲。聖書の概略は次のとおりである。サロメの母・ヘロディアは、かつてはヘロデ王の兄のもとに嫁いでいたが、ヘロデ王が近親者の妻を娶《めと》ってはならぬと言う洗礼者ヨハネの預言に背いて兄を殺して彼女を娶り、王位に就いた。

ある夜、祝いの席でサロメが舞を踊る。気を良くしたヘロデが欲しいものを何でもやると言うと、サロメは母親の耳打ちしたとおりに「洗礼者ヨハネの首を」と乞う。

部室の東側にあるモローの絵はその「サロメ」の一場面を絵にしたものだ。オスカー・ワイルドの戯曲も表面的にはこれと同じことが起こるが、とくにサロメが〈運命の女〉として大きくクローズアップされており、筋もサロメが中心にくるように変更されている。

サロメは彼女に欲情している王との宴の席を抜け出して、月を見上げる。月はサロメの心情とともに変化する重要なモチーフだ。そして、月に見惚れているときに、まさにサロメは幽閉されているヨカナーン（ヨハネ）の声を聞いてその正体を見たいと考えるのだ。そして、見張りをしている若きシリア人を唆《そそのか》して出会い、その唇に恋をする。サロメの誘惑に頑として乗ろうとしないヨカナーンに、サロメは言うのだ。

――あたしはお前の口に口づけするよ、ヨカナーン。

預言者に、逆にサロメが預言するという象徴的なシーンだ。やがて王に欲しいものは何でもやるからと、踊りを命じられたサロメは宴の席で七つのヴェイルの踊りを見せる。そして、これも聖書と異なる点として、自らの意思でヨカナーンの首を所望するのだ。一目でも自分を見ていてくれたならと生首に語りかけるサロメは、恋の化身だ。

――恋の測りがたさに比べれば、死の測りがたさなど何ほどのこともあるまいに。恋だけを人は一途に思っていればいいものを。

サロメの死よりも尊いものとして恋を持ち出している。通常の価値の逆転がここに起こっているのだ。

そして、最大の見せどころは何と言ってもその後になる。サロメが自らの〈預言〉どおりに、ヨカナーンに口づけをするのだ。その凶々《まがまが》しい振る舞いの結果として、サロメはエロド（ヘロデ）の指示で殺されてしまうのだが、最後の接吻は、死に対する恋の勝利を深く印象づけている。

ワイルドは、聖書のなかではマリオネットに過ぎなかったサロメに生命を吹き込んだ。

だが、今の俺は、サロメの名をあまり聞きたくなかった。その名は、二月に起こった悲劇を思い出させるからだ。

「忍さまも首だけになったら私一人のものに？」

「かもな。だが、首だけでは楽しめまい」

俺の手がいっそう猥雑に動くのに反応しながら、神奈はそれでもこう言い返した。

「忍さま、今は禁欲期だって仰っていたくせに」

「そうだ。俺は禁欲期さ。だが、おまえは違う」

「四限が……始まります……」

時刻は十二時四十分。四限は午後一時からだ。

「サボればいいだろ？」

神奈の声が激しくなったそのタイミングで、ドアが開いた。

慌てて神奈は俺から身体を離した。

入ってきたのは、透き通るように白い肌が艶やかな黒髪と対を成す、神話から抜け出してきたような美青年だった。この高校の制服であるグレーのブレザーに赤いネクタイは、彼のクラシックな雰囲気を微かに和らげている。

「何だ、おまえか。ノックくらいしろ」

「どうせノックしてもやめる気ないでしょ」

青年は迷惑そうに顔をしかめつつ、白い頬を桜色に染める。

外の桜は散りかけているが、ここにまだ春があったか、と俺はその初々しい表情を見て感慨に耽った。

2 カラスの依頼

カラス。俺はこの美青年をそう呼ぶ。三年前に父の仕事に同行した際に見た、ロンドンのワタリガラスに目つきが似ているのだ。

ロンドン塔から街並みを見下ろすワタリガラスは、雨に濡れていても気品と優雅さを失わずに、こちらの身が引き締まるような孤独をも内包していた。

「それと、神奈先輩、下着が見えていますよ」

神奈は大慌てで両手を胸にあてた。

「冗談です。見えていたのはおへそだけです」

カラスは、自分の冗談に恥じらいつつも、いたずらっぽく笑う。その表情は薄い飴細工のように壊れやすくみえる。

己の肩のあたりに手をあてて軽くシャツをつまんで持ち上げるのは、照れ隠しの癖だ。この二週間というもの、標本箱に納めて解説できるほどにカラスを眺めてきた。その瞳の奥には、かつては俺のなかにあったであろう輝きと、初めから俺に望むべくもない無垢《むく》な魂とが共存している。それゆえにいっそう興味をかきたてられた。

朗読部に入部を希望する者に、俺はかなり難易度の高い筆記テストと口頭試問とを行なう。その両方でカラスは文句のつけようのない点数を叩きだしている。校内広しといえど、我が知性に匹敵するのは彼くらいであろう。

「お取り込み中すみませんね」

「まったくだ」

「でも文学作品を情交のきっかけにするなんて感心しませんよ」

カラスは口を尖らせる。この表情が秘かに校内の女子たちの心を鷲摑みにしていることを、本人は知らないらしい。神奈は先日俺に「あの子が口を尖らせると、出るはずのない母乳が私の胸のなかで製造されるような気がするんです」などと打ち明けた。

彼女たちのなかで、俺への献身とカラスに魂をくすぐられる感覚は共存が可能なようである。それは構わない。この神殿は来年からカラスのものになるのだ。どうせなら俺のいるあいだに、女の狡《ずる》さと愚《おろ》かさとを学ばせたいところだ。

「それより——先輩に尋ねたいことがあります。じつは人探しをしていまして。奇妙な事態にいささか頭を悩ませているんです」

悩み相談とは珍しい。てっきりこのさくらんぼ少年には信頼されていないものと思っていたのだが。

「おまえが俺を頼るなんて雨が降るんじゃないか？」

そう言えば、ついさっきまで出ていた陽光はどこへ消えたのだ？

灰色の雲が青空を覆いはじめているではないか。室内は妙に仄暗くなり、デスクトップの人魚だけがくねくねと妖しい腰つきで泳ぎ続けている。

「頼るってわけじゃありません。尋ねたいだけです」

「同じことさ」

「茶化すならもう話しませんよ」

また口を尖らせる。キャーッと小さく神奈が悲鳴をあげて喜んだのを、俺はじろりと睨みつけた。まったく、女という奴は。

「で、何を尋ねたいんだ？」

「クラスメイトに聞きました。忍先輩は、学校中の女生徒の顔、スタイル、趣味、性癖をすべて把握している、と」

「その通りだ」〈歩く女百科全書〉とは俺のこと。「何しろ、ここは我が華影《はなかげ》家の敷地。朗読部が俺の神殿だとすれば、高校全体は俺の楽園のようなものだ」

「それじゃ僕は侵入者ですか」

「一人でも盗めば、そうなるな。神奈はすでにその気のようだぞ。盗んでみたらどうだ？」

神奈が俺の肩を強くつねった。カラスの頬が桜よりさらに赤く染まった。だが、瞳の奥まで動揺してはいない。神奈が本命ではないのだろう。

「今はそういう話をしていません！」

「すまんすまん。どんな女を探している？」

男の俺でもついからかいたくなるくらいだ。我が校にあまたいる悪女の餌食になる日も近いだろう。

「先月、入学前に偶然出会った女性です。この学校の制服を着ていましたから、ここの生徒には違いないでしょう。しかし、入学してから二週間というもの、各学年の教室を隈なく視察して回りましたが、それらしい女子生徒を見つけられていません」

「不登校の生徒もいる」

「それも確認済みです。写真を見せてもらったり、直接自宅へ向かったりもしました」

思ったより調査は念入りに進められているらしい。そこまで躍起になって探すとはどんな娘なのか、興味がわいてきた。

「じゃあ、卒業生なんじゃないか？　もうこの学校にはいないのさ」

「三月二十五日の卒業式以降に、制服を着るものですかね？」

 それはないだろう。ある年に、卒業生が我が校の制服を着て青年誌に掲載されたことが問題視され、以降は卒業と同時に制服を学校へ寄贈することが義務づけられるようになった。今年も全員分回収されているはずだ。

「その女子生徒の特徴を言ってみろよ」

「セミロングの栗色の髪を、緩く巻いています。身長は百六十から百六十五のあいだくらいでしょうか」

「……思い当たるだけで三十人はいる。スカートの丈は？」

「短いほうでしょう。股下二十センチはなかったはずです」

なるべく客観性を保とうとするようなクールな言い方だった。気づいていないようだが、シャツを持ち上げる回数が増えている。

「脚の形状を聞こうか」

「太くはなく、細すぎるわけでもありません。ティツィアーノの描く裸婦のようにほど良いラインを保っています」

「裸婦画とその特徴は基本的に頭に入っているようだな」

「記憶力がいいだけですよ」

白々しい。彼も男ということか。

「ティツィアーノの裸婦画は俺も好きだ。筋肉質ではなく、日常生活で自然とついた感じの、なだらかな筋肉だな。そうなると、運動部員ではない。だいぶ絞れてきたな。だが、まだ十人以上いる」

「それと――指がわずかに普通の女性より長かった。もしかしたら、指を使う習い事でもしているのかも知れませんね」

「私立に通うお嬢様方は、大半がピアノを習ったことがあるだろうな」

「そうですね。どれも決め手にはなりません」

「ふむ。だが、これで八人まで絞れた。ほかに身体的特徴は？」

「二重目蓋《まぶた》、鼻はツンと尖っていて、唇は小さいわりに厚みがある」

五人。そこで俺は伝家の宝刀を抜くことにした。

「胸の大きさは？」

「さあ。見た目にはわりと大きく見えましたが」

「アンダーバストとの差は？」

「そ、そこまでわかりませんよ」カラスは羞恥心に身体を震わせつつも観念したように答える。

「二十五センチとかそのくらいかと」

「実際どうなんだ？　偽物に見えるのか、本物に見えるのか」

「本物でしょうね」

「そう考える根拠は？　服飾界の現代技術は馬鹿にできないぞ？」

彼は黙った。

そんな彼の姿を見て、俺は嬉しくなって笑った。

「おい、おまえたち」俺は女二人に呼びかけた。「そろそろ教室に戻れよ。ここからは女人禁制のトピックだ」

「えー、これからが面白そうなのに……」神奈がごねる。

やれやれ。俺は仕方なく神奈をお姫様抱っこし、入り口付近にいる道子に本を閉じ、立ち上がるように顎でうながした。

暴れる神奈を部室の外へ追いやると、道子は「子守り料、払ってよ」と気怠く言いながら出ていった。

〈歩く女百科全書〉が、女人禁制の頁を開くときがきたようだ。

3　乳房選び

　狭い空間に男と二人きりというのは俺の性分に合わないが、話が話だけに致し方ない。口火を切ったのは俺のほうだった。

「おまえがその胸を本物と考える根拠は？」

「言いたくないです」口を曲げてじろりとこちらを見る。繊細な心を持ちながらも、いつでも牙をむく気でいるようだ。

「胸が本物であるという前提に立って考えていただければ、それでいいんですよ」

　飽くまで誤魔化す気か。だが、ここで臍《へそ》を曲げさせても仕方ない。「胸にもさまざまな種類があるぞ」

「もう胸はいいですから」

「いいや、ちっとも良くはないな。俺の乳房透視はちょっとした技能の域にある。制服の上からでもフォルムを正確に測定できるし、できない場合は実際に触って確かめてもいる」

「せ……先輩のような人間を変態というのです」

　顔を真っ赤にしたカラスが抗議する。

「才能に恵まれているだけさ。大きさ、脂肪率や、両乳房の間隔……。乳房を詳細に選り分ければ、おまえの探している女にもたどり着けるかも知れん。乳房は語る。時には歴史さえもな」

「歴史ですって？」

「たとえば、中世ヨーロッパでは乳の間隔が離れているほうが好まれたであろうことは絵画史を繙けば明らかだ。完璧なヌード画と言われた《ヴィーナスの誕生》なども乳が離れているし、サイズは実に小ぶりだ。《ウルビーノのヴィーナス》も小ぶりで離れている」

「ティツィアーノの《ダナエ》もですよ。僕は先輩のような目で絵画を観たことはないですが」

よく言う。しっかり話についてこられるではないか。

「乳房が大きく描かれるようになったのはルネサンス後期からだな。それから現代にいたる数百年というもの、乳房をめぐる論争に終わりはない」

「乳房の歴史はもういいです！　とにかく、彼女の乳房はそれほど離れてはいませんでしたよ」

「そこが甘いのだ」

「はい？」

「いいか。下着技術の進歩には目を見張るものがある。現代人は基本的に胸が寄っている状態が好きだから、当然のようにブラジャーによって乳房は強制的に寄せられる。ただし、下着による補整は谷間の形状でわかって……」

「下着で寄せられたわけではないです」俺の流儀で話すことが屈辱的なのか、カラスは目を閉じたまま話す。「というか、たぶん下着はつけていなかった。もともとつけないタチなのか、何かつけられない事情でもあったのかはわかりませんが」

「つけていなかった、か……。この学校にはブラジャーが窮屈だと言ってつけない輩《やから》が一人だけいる。だが、確証がほしいな。もう一声、何か彼女の特徴で覚えていることはないのか？」

カラスは、しばらくの沈黙を置いた後に、こう言った。

「左手の薬指に赤い薔薇の指輪をしていました」

俺はそこで卓上に伏せて置いてある『さかしま』から、しおり代わりにしていたものを抜き取った。

「分析完了。俺の知るかぎり、そんな女はこの高校に一人しかいない」ただし、その「一人」は、俺が直前まで考えていた女とは違った。「そして、おまえが彼女を探せなかった理由もはっきりした」

「どういうことです？」

カラスは熱心な眼差しを俺に向けた。その目に真実を告げることを、俺は一瞬ためらったが、すぐに好奇心に振り払われた。禁欲期ではあったが、知の欲求まで禁じることはできなかったのだ。

しおりに使っていた写真を投げて渡す。

空中に枯れ葉のように舞うそれを、彼はしばらく見つめた後、さっと摑みとった。落下運動の規則性を見抜いてから手を伸ばしたように、正確な手つきだった。

「これは――」

「おまえの探している彼女だろ？」

「たしかに、よく似ていますが……」

　カラスは俺の顔を凝視し、それからもう一度写真に目を落とした。

「伊能春架《いのうはるか》といえば、おまえもそれが誰なのかわかるはずだ」

　その名は日々校内のどこかで囁かれ続けている。たとえ新入生であろうと、知らぬはずはないのだ。校舎裏の林で、物言わぬ死体となって発見された美しき少女の名を。

「言え。おまえは本当に先月彼女を見たのか？」

　彼は静かに頷いた。

　厄介なことになった。それに、じつに奇妙な話だ。

　伊能春架は、二月の初めにすでに亡くなっているのだ。

4　死者恋《ししゃこい》の虞《おそ》れ

「すると、おまえは死者を見たことになる」

　彼は沈黙を保った。そうしたいのではなく、言葉の蛇口が見当たらないといった感じの沈黙だった。

伊能春架は二月に死んでいる。清純の皮をかぶりながら男を誘う挑発的な現代のサロメの姿は、目を瞑《つぶ》れば目蓋の裏によみがえる。そして、彼女のせいで、自ら命を絶つことになった俺の哀れな執事のことも。

彼女の死の一ヵ月前、我が屋敷の執事をしていた村山《むらやま》に、伊能春架強姦の疑いがかけられた。そう主張したのは他ならぬ春架だった。彼女の継父が高校に殴りこんできたこともあり、父は帰宅するなりすぐに村山を大広間へと呼び出した。

村山は断固として容疑を否認したが、女の言い分が通りやすいのは世の常。父に懐疑の目を向けられ、執事としての誇りを傷つけられたであろうことは傍から見ていてもわかった。

――何も申しません。今や疑いをかけられた身。これ以上お屋敷にご迷惑をおかけするわけには参りません。ですから、死をもって潔白を証明します。

鬼気迫る形相に、その場にいた俺と父はただならぬ気配を感じ取った。だが、もう遅かった。彼はナイフを己の首の動脈にまっすぐ突き刺し、息絶えたのだ。

――死ぬことはなかったのよ。

校内ですれ違うと、春架はそう言って小ばかにするように笑った。まさか一ヵ月後に、自分も死を迎えることになろうとは、彼女は思いもしなかったに違いない。

その一件以降、春架は陰でサロメと囁かれるようになった。さらには村山に振られた仕返しだったのではないかという憶測まで広まった。林の中で彼女の死体が発見されたことで、真相は闇に葬り去られたが、噂だけは今も亡霊のように校内を彷徨い続けている。

「どうやら、死者が蘇ったようだな」

悪趣味な言い方であることはわかっていた。だが、このときの俺は、わずかながら羨望の念を込めて言ったのだ。屍《しかばね》でも構うものかと思わせるほど、伊能春架は男の欲望をかきたてる女なのだから。

「あいにく死者と生者の区別はつくつもりですよ」

「だが、美しい死体ならばどうかな？　彼女は火葬されなかったんだ。両親の意向によってね」

「何ですって？」

その言葉に、カラスは食いついた。

「どうだ、死者でも会ってみたくなったか？」

カラスは俺から目を背けたが、一瞬であれ、彼が生死を越えて彼女を求めたのを俺は見逃さなかった。

「……死者のわけがありません……」

春架にまつわる最後の記憶は、棺のなかで両手を組んだ彼女の安らかな顔だ。エンゼルメイクで整えられ、生前の面影が残された死に顔は、俺の胸をきつく締めつけずにはおかなかった。生きていたときの魔性の魅力が、死してなお燦然と輝きを放っていたのだ。

「話せよ。三月に彼女と何があったのか」

カラスは黙っていた。俺の口が軽いと思っているのかもしれない。

「もし他言した場合は、俺の心臓をくれてやろう」

「そんなおしゃべりな心臓をくれなくても、ちゃんと話しますよ。けど——茶化さないでくださいね」

「俺がおまえを茶化したことがあるか？」

カラスは俺の発言を黙殺し、三月の出会いを語り始めた。

5　有限の図書館にて

受験を終え、春休みというつかの間の休息を得たカラスは、入学先の図書館を見学しようと扇央高校を訪れたのだという。

ところが、長期休業中、裏門は鍵がかかっており、正門は指紋認証キーシステムを通過しなければなかに入ることができないようになっていた。これでは図書館どころか校内にも入れない。

カラスが正門の前で迷っていると、背後から声をかける者がいた。

——入りたいの？

カラスは振り返って彼女を見つけた。

——ええ。四月に入学する者です。

彼女は彼を足先からてっぺんまで好色めいた視線で舐めまわすように眺め、それから挑発的に言った。

——ついてらっしゃい。

彼女は指紋認証を行なって難なく門を開けると、カラスの手をひいて一緒になかへ入った。

——どこへ行ってみたいの？

——図書館に。どんな蔵書があるのか確認しておきたいんです。

——物好きね。いいわ。行きましょう。そこならゆっくりあなたと話すことができそう。ただ、期待には添えないかもね。うちの学校の図書館は六角柱だけど、蔵書は無限ではないから。

彼女はどうやらボルヘスを愛読しているようだ、と気づいたカラスは咄嗟にこう返した。

——構いませんよ。本のサイズもページも文字組みも、違っていたほうが何かと都合がいいもの。

カラスの言ったことの意味が、彼女にもすぐにピンときたらしく、笑みを浮かべた表情でカラスを見た。二人は校舎の脇を通り抜け、裏手に回った。彼女の脚線は、まるで上等な陶器のように優美だった。そして、相変わらずカラスの右手を握っている冷たい左手の薬指には、赤い薔薇を象《かたど》ったルビーの指輪がみえた。

六角柱の形をした図書館に着くと、カラスは彼女の存在など忘れたように蔵書を眺めて回った。そこは「バベルの図書館」ほどではないにせよ、書物が六面の壁にぎっしり収められており、三層吹き抜けの天井にまで書物の壁は続いていた。

美学・芸術学の棚は三階の一角にあった。それゆえカラスは三階の回廊にまで上ってゆかねばならなかった。

そうして一時間も経っただろうか。じゅうぶんに書物を堪能した後、カラスは帰ろうと思い立って彼女を探した。彼女はカラスからわずかに離れた、同じフロアの机の上に横たわって眠っていた。

「机の上に横たわっていたのか？」俺は思わず問い返した。

「ええ」カラスは小さく頷いてから、続きを話した。

カラスは彼女を揺り起こそうとした。ところが、腕に触れようとしたタイミングで、彼女がカラスの背中に腕を回した。

――つかまえた。

彼女はカラスを見つめた。その瞳には、小悪魔めいた表情の裏に隠された悲しい暗号のようなものが垣間見えた。カラスはその〈暗号〉を、無意識に解きはじめていた。そして、彼女は一瞬の隙をつくようにして、カラスの唇を奪ったのだ。

背中に回していた手の片方を外してカラスの右手をとると、自分の胸へと持っていった。

――ねえ、心臓の音、わかる？

カラスは何も答えなかった。

「なぜ何も答えなかった？」

「乳房に触れて心臓の音がわかると答えるのは、ただの嘘だからですよ。僕、嘘つきになるのは嫌なんです」

　カラスらしいまっすぐな理由だった。

「でも、次の瞬間、急に彼女の態度が変わりました。僕のほうは見知らぬ空間ですが、彼女にとってはよく知っている場所です。何か、僕にはわからない音や気配のようなものを感じ取ったとしても不思議はありません」

　彼女はぱっとカラスから身体を離した。

　――早く行って。早く。

　それから、彼女は階段を駆け上がった。

「駆け上がった？　駆け降りたのではなく？」

　三階の上にあるのは、屋上ではないか。

「ええ。しばらくすると、カップルが二人で談笑しながら上がってきましたから、恐らく隠れるためでしょうね。二人は物陰に隠れた僕にも気づいていないようでしたが」

　それからカラスは一人で階段を降り、他の生徒が校舎を出るタイミングに合わせて一緒に校舎を抜け出したのだという。

「しかし、おまえは今日まで彼女のことが忘れられなかった、と」

カラスは何も答えなかった。そうだ、とも、違う、とも言わない。

間違いない。こいつは今、恋をしているのだ。

「つまり――その彼女が、伊能春架だったわけだ」

「違いますってば……たぶん。だって、ありえないですし」

「ふふ。会ってみればはっきりするさ」

「馬鹿はせめて五分休みで言ってください」

「これから彼女の墓に行ってみないか？」

「墓に？」

「確かめればいいじゃないか。彼女の死体が墓で大人しくしているのかどうか」

「どうかしてますよ……！」

カラスは窓のほうに顔を向けた。自分の欲望を誤ったものとして帳消しにしようとするように。

「だいいち、犯罪です、そんなの」

「ふふ。じゃあおまえはそこにいるがいい。俺は興味がわいたから放課後にでも行ってみるさ。なに、彼女の墓は我が華影家の私有地内にあるからな」

「私有地だろうと犯罪は犯罪です」

「何も盗むわけじゃない。それに俺が勝手にすることさ。おまえに関係あるか？」

「でも……」

「彼女の死体には防腐処理が施されている。感染症防止が表向きの理由だが、実際のところはわからない。永遠に美しい死体であるように、両親のどちらかが望んだ、とも考えられるが」

カラスは鋭く反応する。自分が死体を愛した可能性に戸惑っているに違いない。

俺はカラスの頬を撫でながら尋ねた。

「俺が彼女に何をするか心配なのか？」

そう口にした途端、カラスは俊敏な動きで俺の胸倉をつかみ、壁に押しつけた。隠されていたこの男の激しい本能が垣間見え、俺は嬉しくなって笑った。

チャイムが鳴った。

「行けよ優等生。授業が始まるぞ」

カラスはこちらを睨みつけたまま部屋を出て行った。

にやついた笑みが止まらなかった。カラスがあそこまで感情をむき出しにした瞬間を見たのは、まだこの高校で俺くらいのものだろう。そう考えると、女人どもに対しての得も言われぬ優越感が溢れてきた。

室内は静寂に満ちていた。

「久々に四限に出るとするか……」

四限は古典。もっとも眠たくなる授業だが、卒業もかかっている。

床に転がった赤いネクタイを締めながら、ふと思った。彼の指の匂いでも嗅いでやればよかった。そこに、いまだ三月に触れた死者の匂いが残されているのかどうかを。

「惜しいことをした。そう思わないか？」

パソコンのなかの人魚は含み笑いを浮かべながら、典雅な舞を続けていた。

6　もう一人の完璧な女

俺が教室に入ると、どよめきが起こった。

「忍さまよ！」

女子たちが口ぐちに囁くのが聞こえる。なぜ女という生き物は聞こえよがしに噂話をするのだろう。こちらを振り向けと言わんばかりだ。俺は彼女たちに口元だけの笑みで応えつつ、席についた。

隣の席の綾瀬《あやせ》眞那《まな》が小声で言った。

「久しぶり、王子さん」

「久しぶりだな。何してた？　仮病か？」

新学期になってからずっと彼女の姿を見ていなかった。

「昨日アメリカから帰ってきたの。もう飛行機はこりごり」

「ん？　ああ、高所恐怖症か」

入学したとき、図書館のオリエンテーションで回廊の下を覗き込んで貧血を起こした彼女を、今もよく覚えている。だが、彼女の弱点といったらそれくらいだ。あとは完璧に近い。

眞那は生意気に足を組んで白い太腿をこちらに見せて挑発する。前かがみになると、形のよい乳房のピンク色の先端までが見えた。相変わらずブラジャーをつけていないらしい。校内で一人、ブラジャーをしない女。

赤い薔薇の指輪のことを聞くまで、俺は眞那しかいないと思っていた。彼女はこの学園の生徒のなかで随一のプロポーションを誇っている。まるで黄金比を用いて錬金術師が生成したような娘だ。

この女には男を「狩る」癖がある。古代ギリシアの高級娼婦フリュネのように、あらゆる男に蜜をばらまき、寄ってきた男のなかから興味を惹きつけられた者にだけその身体を許すのだ。

咳払いが響く。髪をひっつめ、黒縁眼鏡をくいっと指で持ち上げた古典の教師、杉村驟子《すぎむらしゅうこ》が教壇から俺を睨みつけていた。俺は不可抗力であることを示すべく両手を上げて見せる。

「やあね、自分が婚期逃しそうだからって、最近ますますヒステリックになっちゃって」眞那が囁く。

「そう言うな。あれでも教師のなかじゃほとんど紅一点みたいなものなんだから」

この高校ときたら祖父の代からいる高齢の女教師どもが魔女のごとく居座ってなかなか退職し

ないばかりに、教師の世代交代が進んでいない。それは目下父の悩みの種でもあるのだ。

「あれは紅じゃなくて茶だわ、焦げ茶。二十五過ぎたらもうオバサンの仲間入りよ」

眞那はシャープペンをくるくると回転させる。

俺は眞那の顔をぼんやりと眺める。まだ彼女を候補から完全に外すわけにはいかない。男を魅了する点では、眞那もまた春架にひけをとらないのだ。違いは、眞那の根底には母性があることだろう。もちろん生者と死者という厳然たる区別もあるのだけれど。

「何？　何かついてる？」

「おまえ——いや、何でもない」

彼女のはずがない。赤い薔薇の指輪を持っていないのだから。

「ねえ、放課後空いてないの？」眞那は声を落として尋ねる。

「悪い。先約」

「チェッ。どこの女？」

「男」

「え！　ついに？」

「何が『ついに』だ」

俺が誰かと約束していると言えば、誰もがそういうことだと考える。

「まあ、せいぜい自由を謳歌しなさいよ。もうすぐだもんねー。聞いたわよ。婚約してるんでしょ？」

おのれどこから聞いたものか。女の情報網たるや恐ろしいものがある。恐らく我が家に出入りする従業員の一人から聞き出したのだろう。そう、俺は卒業と同時に結婚することになっているのだ。

「親が言ってたわ。結婚は牢獄だって。卒業するまでがハナね」

俺は自分の未来に思いを馳せた。これから先のことは何もわからない。禁欲期がいつまで続くのか。それは果たして一人の女性を守り抜くために、本当に必要なものなのか。

「華影君、質問に答えなさい」

杉村驟子が不意をついて俺を指名した。

眞那は立ち上がる俺の隣でくつくつと笑っている。

「すみません、先生、質問をもう一度お願いします」

杉村女史はため息をつきながらもう一度問題を繰り返す。

「『宮も、あさましかりしを思しいづるだに』とありますが、誰が、どのようなことを思い出したのか、答えなさい」

「ほほう。どうやら今は『源氏物語』をやっているのですね？　ここで言う〈宮〉は藤壺の宮のこと。〈あさましかり〉は現代の浅ましいとは少し違って〈思いがけない〉といった意味になります。ただし、結果的には現代の意味でもよかったかもしれませんね。というのも、藤壺の宮が回想しているのは、光源氏とのセックスだからです」

笑い声が起こる。答えは間違えていない。言い方を間違えたのだ。

女教師は怒り冷めやらぬ様子で目を閉じると、「もう座りなさい」と言った。俺はお辞儀をして着席した。

それからは窓の外を見て過ごした。時折眞那が脇腹をくすぐるのをやり返し、そのたびに注意を受ける羽目になったが、それ以外は大きな問題も起こらなかった。そうして、どうにか放課後を迎えた。

教室を抜け、裏門へ急いでいると、ケータイが鳴った。かけてきたのは、婚約者だった。

――これから会えないかしら。

この女は少々嫉妬深く、束縛癖があった。おまけに最近ではおかしな言動も多くなり、精神科にもかかっている。ナーバスな時期だからと俺も理解を示してはいるが、万一結婚後もこの調子が続いたらと思うと、気が重たくなる。

「すまないが、今日は……」

――何かを誤魔化すとき、ラのフラットで話すの、気づいていた？

神経質でヒステリックな口調で彼女は言い募った。

「いや、まったく」そんなことに気づくわけがない。

――誰と会うの？　あの子？

彼女が誰のことを言っているのか一瞬考えてから、眞那のことを心配しているのだろうと気づいた。眞那の噂は校外にまで広がっている。彼女の最大のお気に入りが俺であるということも。

　これから婚約しようとする女なら、どんな女の毒牙よりも眞那を恐れるのは理解できた。それがもっとも目立ったターゲットだからだ。俺に言わせれば彼女も遊び相手の一人に過ぎないのだが。

「ある青年の恋愛相談に乗るだけさ。浮気のほうがよかったか？」

　――知らない！

　電話は切れた。十歳の頃に我が最初の女となった家庭教師から学んだ、女の嫉妬を飼い馴らす方法。男はまず後ろめたさと絶縁すること――俺は今もそれを実行し続けている。

　裏門を出てすぐのところに、しゃがみ込んでいるカラスの姿を発見した。彼は本を読んでいた。

「来ないんじゃなかったのか？」

「先輩には関係ありませんよ。ここで本を読んでいるだけです」

　カラスは目を書物に向けたまままそう言った。

「苦しい言い訳だな」

　まあいいさ。俺は歩き出す。しばらくして、彼が動き出した気配を背中に感じ取りながら。

7　サロメの墓を掘る

林を越え、コデマリに囲まれた溜池の脇を抜けると墓地がある。鬱蒼とした木々に覆われたこのエリアは、夕方になるともう誰も近づかない。

煉瓦の塀に囲まれた敷地に足を踏み入れると、背中の青い蜥蜴《とかげ》がするすると逃げていくのが見えた。宗教もバラバラな墓石がそこかしこに点在しており、古いものは戦時中にまで遡《さかのぼ》る。空襲で墓地を失った町民のために、曾祖父がここを解放したのが始まりだという。

この墓地は、深夜になると出入り口に鍵がかかる。しかし、塀を乗り越えればすぐに入ることができるし、歩ける死体にはありがたいベッドに違いない。

向かうは敷地最北端に位置する小さな墓だ。

父はこの墓を無償で提供することにしたのだ。我が校の生徒であった愛すべき悪女のために。

その可憐な腕、ほっそりと長い指先。それらが音楽室でピアノを奏でだすと、俺はそこに自由の匂いを嗅ぎ取ったものだ。放課後の音楽室を使うのは、校内で彼女一人だった。

最初にそれを聴いたのは、初めて口をきいてから一週間後のことだった。何もかも自由気ままなはずであるこの俺が、いつの間にか纏ってしまった枷《かせ》を、彼女の音色はゆっくり引きはがした。

弾いていたのはたしかチャイコフスキーの『四季』の中の一曲。ぼんやりと聴き入っていた俺を先に発見したのは、彼女のほうだった。

——好きなの？

何のことを訊かれたのかわからなかった。だが、いかなる意味においても俺には頷く以外の返事は思い浮かばなかった。

思考を中断し、彼女の墓の裏側にある掃除道具置き場からスコップを取ってくる。彼女の墓石のあたりの土を見て、おや、と思った。棺が埋められたのは二ヵ月前のはずなのに——。しゃがみ込んで土の匂いを嗅いだ。腐葉土が、まだ凝固しておらず柔らかい。最近になって、かなり深くまで掘り返されたようだ。

俺はスコップで土を掘り始めた。やはり、やけに掘りやすい。二十分ほどで簡単に棺が現れた。気密性の高い、白い棺。その色は、彼女の生前の素肌を想起させずにはおかない。錠はパチンと三ヵ所で留めるだけの簡易なもので、すぐに開くことができた。

恐る恐る、蓋を外す。青いプリザーブドの薔薇の隙間から、入念な防腐処理を施された彼女の安らかな顔が現れた。

春架。

青き薔薇とともに、俺の想いまでもが一緒に眠っていたかのようだった。久しぶりに見る顔は、あまりに清らかで、作り物のようなできすぎた美を誇っており、見ているだけで時間の概念から解き放たれる気がした。

朽ちるとは何か。老いるとは何か。現実こそがまやかしに思われるほどの完璧が、そこにあった。しかも、それはまさに絵画のように、身動き一つしないのだ。

「おい、樹の上のでかい鴉《からす》よ。出てこい。おまえが恋した女だぞ」

彼女に触れそうになる自分をすんでのところで抑え、塀の外の菩提樹に潜む「鴉」に呼びかけた。

ばさりと枝を揺らしながら、そいつは落ちてきた。かろうじて脚で敷地内に着地すると、身体のあちこちについた木の葉を手で払った。

「いつから気づいていたんですか？」

「ずっとさ。俺をナメるな」

「他人の墓を掘り返すなんて恥ずかしいとは思わないんですか？」

「ふん。獣を装って高みの見物をしていた己を恥ずかしいと思え」

「そ、そんなんじゃ……」

カラスは頬を赤らめつつ、口を尖らせる。

「まあいいさ。おまえはここにいない。いるのは樹から落ちた大きな鴉だ。それで大鴉、一ヵ月ぶりの御対面の感想は？」

彼はちらりと棺のなかに視線を走らせ、目を逸らした。

「たしかによく似てはいますが……。そうだ、何か一緒に埋めたものはなかったんですか？」

「埋めたもの？」

この至高の対面の瞬間に、何をくだらないことを言いだすのやら。さては照れ隠しか。俺は席を外してやらねばならぬのか。

「埋めたのは、生前身に着けていたものさ。ほら、足元に今も――」

言いかけてハッとした。彼女が生前使っていたバッグも、時計もそこにあった。だが、制服と真紅のドレスが消えている。プリザーブドフラワーを掻き分け、彼女の全身像を確かめた。死者が自ら、制服か赤いドレスのいずれかに着替えているのではないかと考えたのだ。蘇りが現実に起こっているのでは、と。

ところが、俺の予感は外れた。彼女は死装束の純白ワンピースを纏っている。やはり死体は動いていないのか。

「おや？」

ふと、彼女の胸の前で組まれた左手に目を留めた。納棺の際、左手の薬指にはめられていたはずの赤い薔薇を象ったルビーの指輪が――消えていた。

「指輪が……消えている……」

「これで、死者が歩き出したわけではないことがはっきりしましたね」

したり顔でカラスは言った。彼は目の前にいるのが意中の人物ではないと気づき、俺より先に冷静さを取り戻していた。

灰色の空を、鴉が一羽鋭く鳴いてから飛び去った。

8　サロメを騙る者

「まだ完全には死者の蘇りを否定はできないぞ」

「先輩、まだそんな愚かなことを……」

「夜毎着替えて、ここへ戻るときにまた元の服装に戻っているのかもしれん」

「ずいぶん生真面目な死体ですね」

「興奮するだろ？」

　カラスは俺をじろりと睨んだが、相手にすることをやめたように目を瞑った。クールな男になるためのレッスンか。だが、そのためにはまずシャツを持ち上げる癖をなおさねば。

　もちろん、俺とて本気で言っていたわけではない。次の思考に移るためのほんの息継ぎのつもりだった。

「それより、実際どうなんだ？　おまえは三月に彼女を見たと言った。乳房の形、手の形、指の長さ、それぞれに対して思うことを言えよ」

　カラスはじっと彼女を見つめた。三月に会った彼女と、棺のなかの娘を照合しているようだ。

「死者に対して思うことはありません。顔はよく似ている気もしますが、表情がないとよくわかりません。目も開いていませんからね。指は確かにこんな感じでしたし、乳房の形も似たようなものかもしれません。ただ、僕が遭遇した女性とは決定的に違う点があります」

「何だ、それは？」

「彼女はちゃんと生きた、生身の人間だったということです。つまり、僕が遭遇したのは伊能春架ではない。春架とそっくりな身形《みなり》をした何者かが、ここから制服とドレス、指輪を持ち出したようです。なぜかはわかりませんが」

カラスの推察は的を射たものだった。蘇った死者の仕業と考えるより、よほど理に適っている。俺は彼女の身体に青い薔薇をまたかけてやった。寒い思いをさせたことを、心の中でそっと詫びながら。

棺の蓋を閉じ、完全に土をかけ終えると、俺の手からスコップを受け取って、カラスはそれをもとの場所に戻した。

雨粒が鼻先に当たった。腐葉土の湿った香りがそこら一帯に横溢しているのは、雨の気配を感じ取っていたからかも知れない。

「そうなると、ドッペルゲンガーがいるとしか考えられんな。もう一人の伊能春架を探し出さなくちゃならんわけか」

俺のなかにはすでに一人の女が浮かんでいた。こうなったら彼女しかいない。ところが——。

「ありがとうございます。先輩、もうお気になさらずに」

涼しい表情でカラスは俺に頭を下げた。

「死者ではないことがわかればそれでじゅうぶんです。これだけ僕が探しているのですから、その姿は彼女の目にも留まっているはず。それでも姿を見せないのは、僕から隠れているということでしょう。だったら探しても無駄です。しばらく忘れることにします」

「忘れるだって？　忘れられるのか？」

俺は執拗に食い下がった。

「僕に聞かれても困りますよ。忘却なんて人間の自由にはならないものですから」

カラスは背を向けて歩き始める。

さっきまでの繊細なはにかみ屋は影を潜め、今は気持ちがすっきりと整理できているように見えた。

鴉が、また樹の上から激しく鳴いた。死者が埋められて怒っているのかもしれない。

俺は遠ざかるカラスの背中を眺めながら思った。

おまえはすでに真相に気づいているのではないか？

そして、いま俺が棺に土をかけたように、そっと真実に土をかけて見えないふりをしようとしているのでは、と。

だが、そのほっそりとした背中は、何も語ろうとはしなかった。

空はいつの間にか真っ暗になっていた。

突然――光った。

二秒遅れて、岩が砕けるような雷鳴が轟く。

鴉が呼んだのか、伊能春架が呼んだのか、激しい雨が突如大地に叩きつけられる。

俺はようやくカラスの背中を追いかけ始めた。

学校へ戻る頃、俺たちは全身ずぶ濡れになっていた。

9　旋律と戦慄

俺は教室に戻った。

案の定、綾瀬眞那が新入生らしき美形の男子の一物を片手で弄んでいるところだった。放課後の教室は彼女の城なのだ。

「取り込み中すまないが、聞きたいことがある」

「あら、王子さん。気が変わったのかしら」

彼女は「続きはまた今度」と言って男子生徒の耳にふうっと息を吹きかけた。彼は慌ててズボンにしまい込み、机を蹴倒しそうになりながら教室を出て行った。

「どういうつもり？　急にジェラシーでも？」

「ガラじゃないね。おまえ、朗読部に新しく入った美青年を知っているか」

「今朝学校に来る途中で見かけてすぐ友達に名前を聞いたわ」

白々しい嘘を。俺は、彼女を机の上に押し倒した。

「やぁだ、らんぼう……」

俺の目が殺気立っていることに気づき、眞那は薄ら笑いをやめた。

「正直に言えよ。薔薇の指輪、どうした？」

「薔薇？　指輪？　何のことよ……」

生きたドッペルゲンガー。実際には伊能春架と綾瀬眞那の顔はまるで似ていないが、身体的特徴はそっくり同じだ。そして何より乳房の形と、それを縛りつけるブラジャーを嫌う点が。

それに、彼女は今日、今学期初めて登校してきた。渡米していたのなら校内中を探しても見当たらなかったのも道理だ。

問題は、なぜ彼女がわざわざ墓を掘り返し、赤い薔薇の指輪を盗んだのか、だが。

「おまえしかいないんだ。春休みに図書館の三階でアイツをたぶらかしただろう？」

「私が図書館に足を踏み入れると思う？　しかもあんな見下ろすだけで立ちくらみするような三階に？」

俺は言葉に詰まった。彼女が高所恐怖症であることに思い至ったのだ。とくに図書館は彼女のトラウマの場所だ。

「お疲れ様、びしょ濡れの王子さま」

彼女は俺のネクタイをぐいとつかんで引き寄せ唇を奪うと、「今度はもっとロマンティックな襲い方を心がけてちょうだい」と何事もなかったように教室を出ていく。

眞那ではなかった？　なら――一体、誰が……。

ほかに伊能春架と身体的特徴がことごとく一致する生徒など……。

雷鳴が轟き、室内が一瞬明るくなって、また暗がりに戻った。

俺は混乱する頭と、濡れそぼってすっかり冷え切った身体を引きずるようにして教室を後にし、どうにか朗読部の部室に帰り着いた。

「まあ、どうなさったの、忍さま！」

ドアを開けると、神奈はすぐに俺のもとへ飛んできた。

「可哀想ですわ、こんなに濡れてしまって……」

神奈は俺の身体を自分のハンドタオルでそっと拭きながら、身体を押しつけ、匂いをくんくんと嗅いだ。「雨の匂い」当たり前のことを言う。この女にかかれば雨の匂いも香水の効用に変わってしまうらしい。

朗読部の部室にいるのは、俺と神奈、道子――つまりカラスを除く全員だった。

「今日はカラスくんとご一緒だったんじゃないの？」

神奈が尋ねる。

「裏門までは一緒だったが、今日は帰ると言っていた」

神奈の隣にいた道子は「ふうん」と言って何か思うところがあるように黙ったまま、窓の外を眺めていた。

それから、ややあって彼女は口を開いた。

「まだ帰ってないみたいだけどね。カラス」

「……何だって？」

俺は神奈を引き離し、窓辺に近寄って道子の視線の先を追いかけた。窓からは、南校舎と並列に建てられた北校舎が見える。

北校舎二階の廊下を、カラスが歩いていた。

彼は濡れたブレザーを脱いで腕にかけ、ネクタイを外した白シャツ姿でそのドアを開いた。音楽室——。

俺は窓を開けた。

「何すんの、雨入るでしょうが」と道子。

「うるさい」

俺は耳をそばだてた。

雨音。遠くの雷鳴。

そして——。

微かに聴こえる旋律。

これは――この曲は……。

その音で、俺は起こっていることを理解すると、部室を飛び出した。

急がねば。取り返しのつかないことが起こるかもしれぬ。少なくとも、想像より事態が不吉な色を帯びていることは確かなのだから。

10　サロメ復活

音楽室で起こることは、ある意味では必然でもあったのだ。

棺から消えた二着の服。一つは制服。もう一つは、真紅のドレス。音楽発表会で春架が身につけていたもの。

つまり――ピアノの前で彼女が纏う正装。

春架のドッペルゲンガーが、春架を演じる気なら、当然その服を着る場所はピアノのある場所に限られる。それも、放課後、音楽室でピアノを弾くのは春架だけに許された特権だった。

また、なぜ校内にいるドッペルゲンガーにこれまで気づけなかったのか。これも考えてみれば単純な話ではないか。カラスが彼女を見つけられないのは、彼が校内にいる生徒を探していたからなのだ。

反対側の校舎にたどり着くと、俺は階段を一気に駆け上がる。その間に、俺の鼓動は次第に早くなっていった。

音楽が近づく。

チャイコフスキー作曲、『待雪草』。春にふさわしく、生の息吹と死の匂いが綯《な》い交《ま》ぜになった楽曲だ。

音楽が続いているうちはいい。それは、カラスがそっと彼女を見守っている証拠だから。

しかし――。

音が、止んだ。

廊下を走り、音楽室のドアノブに手をかける。

俺にできるのはそこまでだった。

入ってはならない――何かが、俺を押し留めた。あるいは、それは単なる好奇心なのかもしれない。

代わりに隣の音楽準備室のドアを開け、そっとなかに忍び込んだ。

音楽準備室にはもう一つドアがある。そのドアの下部はブラインドになっていて、地面に向けて斜めについているが、指で動かすと上のほうを見ることもできる仕様になっていた。

ブラインドをそっと動かし、音楽室を覗き見る。

室内にいるのは、男と女。

一人はカラス。ピアノの前には、まさに伊能春架と生き写しの女が座っていた。

サロメが——蘇ったのだ。

彼女はカラスを振り返ると、立ち上がり、微笑を浮かべた。

「やっと会えたわね」

「いつから僕のことを？」

「入学式から、ずっとよ」彼女はクスクスと笑う。

女は、春架そっくりの声で喋っていた。頭では理解できても、完全には受け入れられなかった。

「私をもう一度抱きたい？」

その質問に、カラスは何も答えなかった。答えてしまえよ、と俺は心のなかで彼にけしかけたが、彼は結果として頑なにそれを拒んだ。

「あなたを探していましたよ。入学以来ずっと」

代わりにカラスはそう言った。

「そのようね」

「見つかるわけがありませんよね……。僕は生徒を探していたんだから。どうして、そんな恰好を？　杉村先生」

そこで、彼女はハッとしたように立ち上がった。

まるで夢から醒めたようだった。

「職員室へ行ったらもう帰られたと言われましたが、車がまだあったので変に思って校内を探し回っていたんです。そうしたら、ピアノの音色が聴こえてきました」

彼女はカラスの視線から逃れようとするように顔を背けた。それから、ゆるく巻かれた栗色の髪を黒いゴムできゅっとひっつめると、ピアノの譜面台にあった黒縁の眼鏡をかけた。古典教師・杉村驟子の表情が、帰ってきた。

「私……どうしてこんな場所に……」

驟子は自分自身に混乱するかのように首を振りながら、くずおれた。顔を手で覆ったまま、彼女は声を絞り出す。

「大丈夫ですか、先生……」

カラスは驟子に近寄り、彼女の肩に手を置こうとした。

「近寄らないで！」

彼女は反射的にその手を振り払い、後ずさる。そんな自分の行動に戸惑っているようだった。

「……どうしてここに……」

そこにいるのが誰なのかを初めて理解したような言い方だった。

妹・伊能春架にそっくりな容姿を、日頃は眼鏡の下に隠した規律に忠実な古典教師。彼女が母方の杉村姓を守っているのは、母親の再婚相手と養子縁組をしていないからだ。

「三月以来、あなたにずっと会いたかったんです」

カラスよ、おまえはそうだろう。

だが、彼女は違うのだ。

騾子が妹の恰好をしているわけが、俺にはよく理解できた。

「忘れてください……。もう二度と、私に話しかけないように」

そう、忘れてほしいに決まっている。

三月にカラスが恋したのは、彼女であって、彼女ではないのだから。

妹の死後、そのショックは騾子のなかに春架の人格を創りだしたのだろう。騾子のなかの〈春架〉は、己の衣装を求め、闇夜の墓を掘り起こす。

そして——制服やドレスを纏って学園のどこかに現れるのだ。

カラスは彼女の言葉を黙って聞いていた。

雨の音が、二人の沈黙を遮った。

そのざわめきのなかには、さっきの『待雪草』以上に鮮明なメロディが聴こえるような気すらした。

「なら、なぜ今日ここに？　僕に会うためじゃないんですか？」

「……ねえ、お願い。何も聞かずに出て行って」

「あの日の、あれは何だったんですか？」

カラスは食い下がった。彼にしてみれば納得できないのだろう。

だが――カラスよ、おまえは驟子の名を呼んでしまった。名前さえ呼ばなければ、彼女はまだ〈春架〉のままだったろうに。

「たとえ三月に私が何をしたのであれ、それは私の意思ではないの。彼女の――春架のつかの間の遊戯に過ぎないのよ」

職員中唯一の若き女性。地味で色気のない女教師と思われている彼女の「春架にそっくりな姉」というもう一つの顔を、俺はもちろん知っていた。

カラスが生徒に限定せずに話してくれたなら、もっと早くに彼女のことを教えてやることができたのだ。だが、棺から制服が消えていたことで、カラスは逆にすべてを悟ったのだ。すなわち、盗んだ人間は、制服を持っていないことに。

制服を持っておらず、なおかつ学校正門の指紋認証登録をしている若い女性。それは女教師、杉村驟子しかいない。

そのからくりがわかれば、これまで探していた袋の外を探せばいいだけのこと。だから学校に着くなりカラスは職員室へ向かい、彼女の車があることから校内中を探し回って、音楽室にたどり着いたのだ。

俺もまた、ピアノの音を聴いたとき、遅まきながらカラスと同じことに気づいた。

なぜなら――。

「さようなら」

彼女は逃げようとした。

その手を、カラスが素早く掴んで抱き寄せ、キスをした。

俺は思わず、声を出しそうになった。

が、どうにか沈黙を保った。ことの次第を見守らねば。

彼女はどうするのか？

彼の腕から逃れるのか、それとも――。

驟子は、カラスを押しのけた。

どうにか誘惑に打ち勝ったようだ。

「二度と……私に触れないで」

そう言い残すと、彼女は足早に立ち去った。どこかの教室でドレスを脱ぎ、もとの姿に戻って、自宅へ帰ることとだろう。

だが、姿は戻っても、彼女の唇からは今の感触は消えまい。なぜならその接吻を受けたのは、〈春架〉ではなく、驟子本人なのだから。

彼女とカラスの胸のなかに蠢《うごめ》いているであろうパトスを想像して、全身が火照《ほて》るようなむず痒いような心地になった。

俺はピアノの音を聴いたときにすぐに驟子の存在に気づいた。もちろん彼女が学校内でピアノを弾く姿など見たことはない。学校内では――。

だが、もうすぐ結婚する相手が趣味で弾くピアノ演奏くらい、当然聴いたことがある。日頃から彼女の絶対音感には悩まされている。誤魔化すときの音階まで把握されているのだ。そして、春架が死んで以来、時おり人格が転移したように妖艶で奔放になることも。週に二度行っている精神科の医師は、「妹さんの死による一時的なショックでしょう」と言っている。ナーバスな時期だから、と。

婚約以来、俺は驟子など我が身を束縛するだけの存在だとばかり思ってきた。ところが、今俺が味わっている感情は、生まれてこの方、どんな女に対しても感じたことのない種類のものだった。

カラスに驟子の唇を奪われた。

あのカラスに……。

外の豪雨よりも激しい嫉妬の雨が俺に降り注ぐ。

二人の恋の危うさと儚《はかな》さが、自分の手の届かぬほど貴《とうと》いものに思われる一方で、全身に毒虫が這っているような感覚に襲われていた。

これ以上驟子に触れさせたくない気持ちと、もっとカラスの好きにさせて驟子がどう乱れるか見たい気持ちがせめぎ合っていたのである。

その夜、俺は朗読部の部室に泊まって道子を抱いた。雨のせいで、今宵は月も見物を控えている。手の隙間から落ちていく砂子《すなご》さながらの心もとない気持ちだった。最も付き合いの古い道子の身体に置き忘れてきたものを探すように、俺は愛撫を続けた。

「珍しいわね、あなたが私を誘うなんて」

「そうでもない」

「禁欲期はどうしたの？」

「もう終わった」

さらば、短すぎた禁欲期よ。

「フィアンセ、泣くよ」

それ以上話そうとする道子の口を、俺は自分の唇で塞いだ。

わかっている。こんな接吻は何も解決しない。

だが、もう何もかも遅すぎる。カラスと騾子の恋も、俺の嫉妬も、すでに火をつけられている。

仕掛けたのは、今は亡きサロメ。

青い春の只中で、
俺たちはその幻影に囚われてしまったのだから。

幕間のサロメ――その１――

陽光が差し込む。

まだまどろんでいたかったけれど、私に語りかける太陽の声を無視することはできなかった。

ゆっくりと身体を起こそうとすると、まだ腰の辺りが微熱を帯びていて重たい。

昨夜のことを考えると、憂鬱な気分に襲われる。

自分のしたこととは思えなかった。だが、それは間違いなく私の犯した過ちなのだ。

身体を重ねるたびに私はからっぽになっていく気がする。もちろん、人間の身体はからっぽになったりはしない。けれど――。

電話が鳴る。

ディスプレイに〈母〉という一文字が見える。電話に出る。母の栞《しおり》とは決して仲が良いわけではないが、私は彼女の美しさは認めていた。栞は自分自身を老いていく身だと思っている。けれど、実際には彼女のなかには時間の煌《きら》めきが溢れている。

そして――母がそのような煌めきを放っていることは、若さが奪われることに対する私の恐れをも薄めてくれる。

電話に出ると、「昨日、ちゃんと届けてくれたかしら？」と彼女は尋ねた。夫の忘れ物を彼の職場へ届けるようにと、私に頼んだのだ。

「ええ、届けたわ」

父が亡くなったのを機に家を出たのが二年前。その一年後に母は現在の夫と再婚した。母は父が生きている頃からその男と付き合っていたのではないか、と私は疑っている。そう思うのは栞の夫、伊能忠明《ただあき》が亡き父の友人であったからだ。それに忠明には、どことなく信用のできない雰囲気が漂っている。『サロメ』に登場するエロドのように、我が強く、理性よりも欲望が上位にくるタイプだ。

服飾デザイナーとして世界的に有名だが、以前見た大衆誌ではモデルの女の子に手を出すことでもよく知られると紹介されていた。そんな男と結婚して母が幸せになれるとは思えなかった。だが、それ以上に妹の春架のことが気がかりだった。わがままで自己中心的な妹。時折殺してやりたいほど憎らしいと思う時もあるけれど、こうして離れてしまうと不思議と愛おしさしか感じない。

エロドの興味は、エロディアスから娘のサロメに移った。あれは物語のなかにしかない話ではあるまい。継父が娘に関心をもつのはしぜんな流れだろう。なぜなら、そこには自分の愛した女の若かりし頃の姿が潜んでいるのだから。

『サロメ』だけではない。たとえば『源氏物語』においても、紫の上に対する光源氏の気持ちが藤壺の宮への愛から派生したものであるように、男性の愛は容易に外見をたよりにして移ろうものであるに違いない。男は愚かだ。そして、自らの愚かさに対して何ら恥じる気配すらない。

だからこそ、春架のことが心配なのだ。

「明日、忠明さんの誕生日パーティーをやるの。来るわよね？」

「急に言われても無理よ。仕事だもの」

行くものか。エロドの誕生日に祝辞など口にしたくないし、無理に愛想笑いを浮かべて話しかけること自体耐えがたい。

「私たち三人じゃ気詰まりなのよ。ほら、あの子ってちょっとサロメっぽいところがあるじゃない？」

栞がそう言った理由は、よく理解できた。確かに自由奔放で、何でも欲しがるところはサロメを思わせる。

母は、春架が自分の新しい夫に興味を示しているのではないかと気が気でないのだろう。

「大丈夫よ、ママから見たらダンディかも知れない忠明さんも、私たち若い子からしたら、男性の範疇にも入らないから」

「相変わらず口が悪いわね」

まんざらでもなさそうに栞は笑う。

「気にしないほうがいいって言ってあげてるだけよ」

「とにかく、明日の誕生日パーティーにはあなたも来てちょうだいね。緩衝材になってもらわなくっちゃ」

母は簡単には諦めてくれない。けれど、私は何としても彼とは顔を合わせたくなかった。

ふと思う。こんな時、月夜の晩に城の外に出たサロメのようにふらりと散歩に出る奔放さを私が持っていれば、もう少し簡単に断れたのかも知れない、と。だが、あいにくサロメの資質を持っているのは春架で、私ではないのだ。

「断るわ。春架と三人で気詰まりなら、夫婦水入らずで出かければいいのよ。春架だってそんなパーティーには興味ないはずよ」

「来てくれない気なのね？　私の夫の誕生日パーティーなのに。まあ、ちょっと考えておいてちょうだい」

電話が一方的に切れると、心を落ち着けるべく頭のなかに『ボレロ』を流す。延々と果てしなく続くメロディをなぞっていると、波立っていた心が平安を取り戻し始める。

また電話が鳴る。華影からだったので急いで出た。

「今夜はどうだい？」

「もちろん、いいわ。仕事が終わったらメールするわね」

華影にプロポーズされて、もうすぐ一ヵ月が経とうとしていた。

これまで、ずっと地味な人生を歩んできた。それでいいとも思っていた。妹が生まれてからはよけいにそうだ。彼女が光り輝く存在であればあるほど、自分にはそうした要素は必要ないと思うようになっていった。

短いスカートも穿かない。化粧も必要最低限。それでいい。親に小言を言われても文句を言わず、妹からわがままを言われればにこやかに応じる。そういう役どころを演じ続ける人生だった。

だがいまは、もうすぐ華影驟子となるこの大きな一歩を大事にしたかった。

それなのに――昨日、私は過ちを犯してしまった。

もう取り返しがつかない。

華影のことを心から愛していたのなら、そんな過ちは犯さなかったはず。

私は目を閉じた。忘れよう。

いっそサロメがヨカナーンに出会ったような、身を焼きつくすほどの運命的な恋に落ちれば、状況は変わるのではないか。そんなことを思い、すぐにないものねだりはやめにしようと打ち消す。

現実に戻らなければ。頭を切り替えるのだ。

ここは私しか入ることを許されない特別な空間。少し仮眠をとってから、職場に戻って残業を済ませよう。

昨日の過ちを水に流すのだ。すべては過ぎ去ったこと。

窓をノックする音がしたのは、その時だった。

私は知らなかった。目を開く瞬間まで、そこに新たな運命の扉が待ち構えていようとは。

朱い夏とふたたびのサロメ

1　死と尻と

生きながら腐り果てるのではないかと思えるほど暑い夏の朝だった。目覚めると、俺は自室の熱気から逃れるようにして華影家の一階にある大広間へと、ガウン姿のままやって来た。

それから、大理石製のダイニングテーブルに陣取り、メイドたちが用意してくれたセロリと蒸し鶏のサラダを食べた。夏の朝は食欲が湧かないものだが、サラダなら口も受け入れる。合間に炭酸水を一口飲む。

フルーツの皿をもってメイドがやってきた。

「おはよう」

「お……おはようございます！　忍さま」

彼女はまだ勤め出して日が浅い。俺に気があるようだ。その髪を撫で、乳房をそっと持ち上げてやる。

「この桃は食べられるのか？」

見る間に顔が赤くなっていく。

「冗談だ。珈琲の用意を。学校に遅れてしまう」

「かしこまりました……」

彼女が厨房に引っ込んだのを見届けてから、俺は壁に目をやった。

そこには、若くして亡くなった我が母の写真とジャン・フーケ《ムランの聖母子》の複製画が飾られている。白い球体の片乳を無表情に赤子の前にさらけ出す聖母の背後には鮮やかな朱色をした天使が集まり、さらにその周りを青い天使が囲んでいる。聖母の乳白色の素肌と燃えるような赤の対比が見る者を惹きつけ、外周の青が興奮を鎮める。

食事の間、俺はこの絵を見つめるのが日課となっている。そしてよく考えるのだ。聖母の尻もやはり球体なのか、と。乳房を見たら、当然尻だって見たくなるものだが、あいにくジャン・フーケは球体の乳房しか遺していない。そこには当時の宗教的な事情もある。西洋において本格的に美しい尻が描かれるのは、そこから三世紀ほど後のことなのだ。

俺はサラダの最後のセロリを慈しむように食べ、ナプキンで口を拭った。

父が大広間に姿を現したのは、ちょうどその時だった。華影繁《しげる》。彼は俺の通う私立扇央高校の校長であり、学校運営の全権を握ってもいる。往年のデビッド・キャラダインに似ている、とは古くからこの屋敷にもよく出入りしている幼馴染、道子の評だ。

彼はいつもの仏頂面でやってくると、俺の隣に立って足を止めた。

「おはようございます、父上」

父は兄が死んで以来、あまり俺と口をきこうとしない。今だって俺の挨拶に返事すらしないのだ。

だが、今日は何やらいつもと様子が違うようだ。どうしたのかと訝《いぶか》りながら、俺は炭酸水の残りを飲み干し、彼を見上げた。

「何事です、一体」

尋ねると、彼は一言「横野《よこの》君が亡くなったぞ」と唸るような声で言った。

俺は驚きを隠して、父に詳細を尋ねた。

横野とは、すぐ近所にあるメンタルクリニックの医師で、父の教え子でもある男だ。縁なし眼鏡の向こうから覗く端整な甘いマスクのおかげで、クリニックはいつも女性客で賑わっていた。

だが、その歴史も今日で幕を閉じたようだ。

父によれば、横野は身体の数十カ所をナイフで刺され、出血多量で死亡したらしい。殺害現場はクリニックの診察室。両手を椅子の後ろで縛られた状態での犯行であり、他殺の疑いで現在も捜査が続いている。

「おまえ、昨日彼に会いに行ったそうだな？」

あまりに思いがけない問いに、俺は一瞬思考が止まった。

「……どうしてそれを？」

「今しがた刑事がやって来た。受付の女に聞いたらしい」

「驟子が彼の患者なので、症状を聞きに行っていたのです」

現実の表皮だけをなぞる、無難な回答だ。

「本当にそれだけか？」

「ええ」

父はしばらく俺の顔をじっと見たあとで、目を瞑り頷いた。

「ならいい。刑事には私から同じように答えておいた」

「俺が疑われていたわけではないですよね？」

「死亡推定時刻は夜中の二時から四時の間らしい。おまえが零時より前に帰宅したのを私は知っている」

「その通りです。俺はその時間外出していません」

「とにかく残念な事件だ。おまえも明日の葬儀には出席するように」

父はそう言い残すと、部屋から出て行った。学校に向かったのだろう。高校の周囲の掃除を毎朝行なうのが父の生きがいのようになっている。

父がいなくなると、俺は横野の死について思いを馳せた。

誰が殺したのか。思い当たるのは、二人の人物。一人目はカラスだった。彼には動機がある。

そしてもう一人は——俺の婚約者、古典教師・杉村驟子だ。彼女は時折亡き妹〈春架〉の人格が憑依する特異な病を抱えている。横野のもとに通っていたのもそのためだった。

驟子のなかの〈春架〉が真夜中に動き出して殺した、というのは充分に考えられる。

俺の脳裏に浮かんできたのは、一体のシルエットだった。

ふっくらと丸く盛り上がりつつ、ほどよく張りのある尻。

その尻を爪痕がつくほど乱雑に摑む男の手。

上半身はシャツに覆われ、見えなかった。

あれは——誰の尻だったのだろう？

俺の記憶は、昨日、横野に会いに行くきっかけとなった出来事へと遡っていった。

2　赤い月と死の舞

乙女の血潮のように真っ赤な夕空だった。

扇央高校の南校舎二階、朗読部部室の窓から見上げたその眺めは、まだ見ぬ完璧な裸婦画のごとく俺の心を魅了していた。薄らと白く浮かびあがった三日月は、夜の女王であり、今は出番を待って赤いカーテンの向こうでじっと控えている。

赤い陽の差し込む室内では、パソコンの画面で人魚が腰をくねらせて泳いでいる以外に動きらしい動きはない。

俺は道子を膝の上に乗せて窓の外を眺めていた。

道子は本を開き、わざとらしく声を低くして朗読する。

「『見ろ、あの月を。不思議な月だな。どう見ても、墓から脱け出して来た女のやう。まるで死んだ女そつくり。どう見ても、屍をあさり歩く女のやう。』」

彼女が今読んでいたのは、オスカー・ワイルドの戯曲『サロメ』の冒頭、エロディアスの侍童のパートだ。道子の声は手製のジンジャエールのようにきりりとして、どこまでも澄んでいる。

秋の朗読会でやる演目が『サロメ』に決まったのは先週のこと。不吉な戯曲でもあり、あまり乗り気ではなかったが、道子と神奈がどうしてもやりたいとダダをこねたのだ。演目は女たちに決めさせているから仕方ない。

隣に腰かけていた神奈が遠い目になって続ける。

「『まつたく不思議だな。小さな王女さながら、黄色いヴェイルに、銀の足。』」

これは若きシリア人のパートだ。朗読会では毎年一人が二、三のパートを兼任することになる。事前に作成しておく影絵によって誰の台詞かはわかるようになっているから、それでも混乱することはない。

「よく続けられるなぁ、指が入っているというのに」

俺は道子の下着のなかで指をゆっくり動かす。柔らかな部分を傷つけぬようにそっと探索するたび、道子の表情が静かに歪む。

「いつものこと……だもの」

道子はクールに言ったが、その声は微かに上ずっていた。しかし、本当のところ、俺は道子ではなく、神奈のほうに驚いていたのだ。

神奈は気が多いうえに独占欲も強い。俺が道子と睦み合うと、きまって俺の身体にまとわりついて気を引こうとするのが常だ。

それなのに、今日はそんな様子が見られない。考えてもみれば、この一週間というもの、神奈のほうから俺を求めていないのだ。

となれば、考えられる理由はただ一つ。

カラスだ。

彼は、瞬く間に神奈の心をつかんだようだ。それまで俺の膝の上で快楽の声を上げていた女が、今では俺から離れようとしていた。面白くはないが、目くじらを立てるほどのことでもない。女はいずれ誰かのものになる。そしてその誰かに飽きれば、また戻ってくる。循環する生き物なのだ。

「来ましたわ！」

突然神奈の声が弾む。すると、ほどなくドアが開いた。

現れたのは――カラスだった。どうやら足音だけで察したようだ。相当な入れあげようである。

「遅かったわね、カラスくん」

「やめてくださいよ、神奈先輩」カラスは眉間に皺を寄せる。「変な渾名に『くん』なんてつけられると羽が生えてきそうです」

「カラスの飛び立つ日はすぐそこか」俺は笑った。すると、カラスは一瞬こちらを見てから、そっぽを向いた。

「忍先輩――僕が部室に入ってきたら道子先輩を膝から下ろしてもらえませんか？」

いかにも道子は俺の膝に乗ったままだ。

「なぜだ？　目のやり場に困るか？」

俺は道子の両太腿を持って脚を広げさせた。

「ちょっ……やめてよ……」道子はせめてもの抵抗のつもりか、露わになった下着をスカートで隠した。カラスは耳まで真っ赤になりながら目を瞑って「し、忍先輩、早くおろさないと僕は朗読部を辞めますよ！」と憤《いきどお》る。

「わかったわかった」

俺は道子を下ろしてやった。道子は東側の壁に飾られたギュスターヴ・モロー《まぼろし》の複製画のほうを向いて、俺やカラスから顔を隠した。道子の羞恥は奥ゆかしいのだ。

カラスはそれから冷静さを取り戻そうとするように、夕空に浮かぶ白い月を眺めた。

「夏は日が長くなるから、つい寮に帰る時間が遅くなりますね」

夕陽に染まったカラスの横顔は、さながら赤ワインを注がれたグラスのように優美だ。知性、容姿、品行、あらゆる点で好ましく、申し分ない。

しかし、問題が一つある。この青年が、俺の婚約者に惚れているということだ。

3　罠を仕掛ける

——忘れてください……。もう二度と、私に話しかけないように。

四月、俺の婚約者、騾子は音楽室でカラスに接吻された後、そう言って彼を退けた。彼女の内心はわからないが、カラスのほうは今でも廊下ですれ違うたびに騾子を見つめているようだし、その視線には当然騾子も気づいているだろう。

美青年に惚れられた女の内面は、石のように頑なではあるまい。

そして——厄介なことに、夏休みが目前に迫っていた。

長期休暇に入れば、俺がカラスと顔を合わせることもなくなる。その間にカラスが気まぐれを起こして騾子に接近したら？

騾子と俺の関係をカラスに告げれば、接近を阻止することはできるだろう。だが、今さらどんな面《つら》をして告白すればいいのだろう？

四月の段階でカラスが驟子に惚れていることに気づいていながら素知らぬ顔をしていたとあっては、俺が陰で笑いの種にしていたと思ってカラスは怒るに違いない。おまえが惚れたのは驟子のなかの別人格だなどと告げても、彼が信じるとは思えない。

どうすれば俺という存在を伏せて驟子を諦めさせられるだろうか。

俺という存在を伏せて――。

閃《ひらめ》いたのは、まさにその瞬間だった。これぞ天啓。

「どうだ、最近は？　相変わらず年上の恋人を追いかけているのか？」

俺は自らの企みを胸に秘め、カラスに尋ねた。

「そんな質問、意地悪ですわ、忍さま」

神奈が珍しく俺に食ってかかる。どうやら彼女もこのあたりの事情は概ね察しているようだ。無理もない。カラスの心は、その視線を追えば一目瞭然なのだから。

「想い人を追いかけるのに何の恥じることやあらん、さ」

カラスは俺を睨みながら、肩のあたりのシャツをつまむ。

「もう彼女のことは諦めました」

俺は立ち上がり、カラスの胸に人差し指をとんと当てた。

「と口では言っているが、おまえの心臓は叫んでいる。彼女のすべてが欲しい。それまでは諦められない、と」

カラスは黙って口を尖らせた。とたんに神奈がキャーッと小さな叫び声を上げる。口を尖らせたカラスの顔は何より母性をくすぐるものらしい。

「もしも──おまえの愛した女に恋人がいるとしたら、どうする？」

「恋人……？」

想いを隠していてもその動揺は手にとるように伝わってくる。

「それもただの恋人ではないぞ。婚約者だ」

カラスは沈黙を保った。自分のなかに沸き起こる名づけようのない感情に戸惑っているのかも知れない。

「あの方に婚約者がいるとは思えませんわ」

神奈はカラスに味方するように言い添えた。

「ふふ。あまり自分の物差しで測るのはよくないな。恋人と婚約者というのは、男からすれば乳房と尻ほどに違う」

「また妙なことを言いだす……」道子は呆れたような声を出すが、まだ顔をこちらに向けてくれる気はないらしい。

「乳房には、恋愛のなかにある出会いの興奮、睦み合いの歓び、倦怠の香り、別れの気配といったものが内包されているが、尻はそうしたものと無縁だ。形状がいかように変化しようとも損なわれぬ普遍的な渇望がそこには眠っている」

たとえば——と言って俺は道子の胸に手を伸ばす。

「小ぶりな乳房は愛らしいが、それを理解するしないは好みによる。しかし——」続いて俺はスカートをめくり上げる。ソングによって露わになっている道子の尻は今日も充分に引き締まっていた。「このきゅっとした尻を否定できる者はいない」

不意を突かれて道子の尻を目撃してしまったからか、カラスの顔は夕陽に染められていてもなおわかるほどに真っ赤になった。

「乳房とは違って、尻はその頽廃《たいはい》さえもが一種のエロスと結びついてもいる。《眠れるヘルマフロディトス》の像のようにほど良い形状もあれば、ヨルダーンスが描いた《カンダウレス王の妃》みたいに脂臀《しでん》としか言いようのない尻もある。だが、どんな尻であれ美醜を越えて惹きつけられる瞬間があるということくらい確かなことはない。その意味で、尻は乳房を超えるとも言えるだろう」

すると、カラスが目を閉じたまま答えた。

「その文脈なら《グランド・オダリスク》をお忘れなく。と言っても、べつに僕自身が局部的にあの絵を評価しているわけではありませんが」

嘘をつけ。やはりカラスも男。《グランド・オダリスク》の尻の厚みについては確かに言及しないわけにはいかない。明らかに大きすぎる尻は、横になっているからこそあの程度の弛《たる》みで済んでいるが、立ち上がればもっとひどい弛み方になっているだろう。にも拘わらず、あのポーズにあるかぎり、そこに描かれた尻は永遠に完璧なのだ。

「もういいですから、スカートを下ろしてくださいよ！　道子先輩もどうして言いなりになってるんですか！」

「……ごめん、抵抗するの面倒臭くって……」

道子はそんなことを言いながらスカートを下ろして尻を隠しつつ本を読み進める。俺は尻のべつの側面について語り始める。

「見逃せないのは、尻は性に直結している一方で生活にも密着していることだ。尻は排泄につながり、また出産にもつながっている。尻はさまざまな性と生のイメージを内包するトポスだ」

「でもそれは乳房も同じじゃないですか」

「もっともだ。だが、尻の持ち主は男女を問わない」

「男……」

カラスは思いもしなかったように絶句していた。

「ちなみに、校内では最近、おまえの尻の形がいいというのも評判になっているらしいぞ」

「ぼ、僕の……ですか？　やめてください！」

「言っているのは俺じゃない。女たちさ」

すると、神奈が両手を組んで興奮気味にあとを引き取った。

「忍さまのお尻が豹《ひょう》のように引き締まっているとしたら、カラスのお尻はしなやかなヤマネコですわ」

「もうこれ以上動物に譬《たと》えられるのはごめんですよ」

カラスは真面目にそう返した。

「尻は女性特有のプライオリティをもった部位ではなく、性別を超えた魅力でもある。そして、とどのつまり結婚とは尻の問題なんだ。尻に敷かれる、という言葉が端的に表しているのは、最終的に人間を支配するのは乳房ではなく尻だということだ」

「詭弁《きべん》ですよ。慣用表現と現実の尻をごっちゃにしています」

「だが、事実さ。尻は死ぬまですべての人々に保持される永遠の曲線だ。恋人に求めるのは一瞬の輝きだが、婚約者に求めるのはなだらかでも何でも構わない、永遠の曲線なのさ。つまり――婚約者は尻だ」

「……」

カラスは何か言いかけて、諦めたようだった。

「カラス、寮の門限は大丈夫か？」

「まだだいぶ時間はありますす」

「なら少し散歩に付き合え。耳寄りな情報を教えてやろう」

カラスは俺がドアへ向かうと、観念したように後をついてきた。

「そうやっていつも私たちをのけ者にするんですもの」

恨めし気に俺を睨む神奈を後目《しりめ》に、俺たちは外にでた。

外で待ち構えていたのは、赤から紫へと変化した空と、蜩《ひぐらし》の声だった。その合唱に責めたてられながら、俺たちは校門へと向かった。

4　身代わり

校門を出て、校舎裏の林を歩く。

林を越え、溜池の脇を抜けると墓地が見えてくる。鬱蒼とした木々は夏になると青々と生い茂り、藪蚊の巣窟となる。虫よけスプレーをしてくるべきだった。アカンサス・モリスが美しく咲き乱れているのは、せめてもの目の保養になる。

向かっているのはほかでもない、伊能春架の眠る墓地だ。

べつに墓参りをするわけではないが、カラスの本音を聞き出すには、女のいる朗読部部室では無理だし、校内では俺にせよカラスにせよ取り巻きが耳をそばだてている。落ち着いて話すには人気《ひとけ》のないこの場所が最適なのだ。

春架の墓の前でカラスは口を開いた。

「そろそろ教えてもらえませんか？　その、耳寄りな情報とやらを」

「当ててみろ、何だと思う？」

「婚約者にまつわることです。さっきの話題がそのための枕でなかったとしたら、本当に単なる猥談になってしまいます」

「単なる猥談も俺はよくするぞ」

蚊が腕に止まった。俺は腕に力を込めながら蚊がたらふく血を吸うさまを観察し、腹が膨れたであろうところでそっと潰した。蚊の死体から血が流れ出る。俺の血であるのに、その赤はこの一匹の小さな生き物の死の象徴のように感じられる。

「誰なんです？　その婚約者って」

「気になるのか？」

「……べつに……でも、教えてくれないなら、ここへ僕を連れてきた意味もありませんよ」

カラスは眉間に皺を寄せ、運命の残酷さに傷ついたような表情を浮かべた。俺はこの哀れな青年の数カ月の苦悩を思った。一生徒として、教師との間に起こった出来事をなかった素振りで生きなければならないのは、針の筵《むしろ》に座るような気分だったことだろう。

「いいさ。少しばかり大声で独り言を言ってやる。彼女のフィアンセは、メンタルクリニックの開業医である横野という男だ」

「横野——横野メンタルクリニックの？」

横野メンタルクリニックはこの辺りではもっとも大きく、有名な精神科診療所なのだ。

我ながら妙案だった。自分以外の人間を騾子の婚約者に仕立て上げれば、俺の存在を嗅ぎ取らせることなく、カラスに己の恋を放棄させることができる。

「ああ。あまり公にはできないことだからな。挙式はまだ半年ほど先だし、俺もたまたま横野さんの知り合いから聞いたことで、ほかに知る人はいないようだ」

俺はじっとカラスの表情を見守った。最初はいつものようにシャツの肩のあたりをつまんで持ち上げていたが、やがてそれもしなくなると、唇を震わせながら静かに俯いてしまった。

「その人のことを——先生は本当に好きなんでしょうか?」

「そりゃあそうだろう。好きでない男と婚約などするものか」

「……それなら、よかったです。幸せになるのなら」カラスはそれから長くゆっくりと息を吐き出した。「先に戻っていていただけますか。しばらく散策して帰りたいので」

「わかった」

俺は慰めるように彼の肩を軽くたたいてから、背を向けて歩き始めた。アカンサス・モリスが、カサカサと揺れる。動物が俺に驚いて身を潜めたのかも知れない。そのまま蚊から逃げるように早足で溜池の脇を抜けて学校へと戻った。

とにかく、手は打った。あとは時間が、カラスを騾子から遠ざけるだろう。これでいい。俺は自分にそう言い聞かせた。

5　白衣と臭気

横野メンタルクリニックは、俺の屋敷から余弦《よげん》坂を下った先にある。ラブホテルと見まがうような悪趣味なピンク色の建物にも拘わらず繁盛しているのは、横野の腕がいいからなのか、縁なし眼鏡をかけた色白の細面が女性に人気だからか。

驟子を横野のクリニックに連れて行ったのは、ほかならぬ俺だった。驟子は記憶の欠落や、欠落する前の意識の混乱に不安を覚え精神科の診察を受けたがっていた。見も知らぬ医師に診せるよりは、昔から顔見知りであるこの男に任せようと思ったのだ。

横野は驟子を初期の統合失調症と診断し、ドーパミン拮抗薬を投与した。一般的な精神安定剤だ。そんなもので本当に人格転移症状が治まるのか、と訝る俺に、彼は諭すような口調で言った。

――忍くんは人格転移という言葉を使ったが、話を聞いているかぎりではそれほど大袈裟なものとは思えないね。何しろ彼女は妹さんを亡くされたばかりだ。失ったものを演じることで自己救済を図ろうとする患者を、私はこれまでにも見たことがあるよ。近親者の死はとりわけ精神に亀裂を生むものなんだ。

横野は俺が主張した解離性同一性障害の可能性を一蹴し、予定どおり精神安定剤での治療を試みた。実際、この数カ月というもの、彼女の症状は落ち着いている。

だが、それは薬のお陰ばかりではない。寝る前の三十分、必ず夜の相手をしてやるようにしたのだ。疲れて眠ってしまうから朝まで眠れる。ドーパミン拮抗薬を用いているのは日中だけだ。ガラス扉を押してなかに入ると、赤い髪をした受付の女がちらりと俺を見やり、意味ありげな視線を送ってきた。

俺はその視線をやり過ごして受付の前を通り過ぎ、診察中の札のついたドアをノックせずにそっと開いた。

ところが、俺は強烈な光景を目にすることになった。その人物は黒の半袖シャツに白のショートパンツという出で立ちで、頭にはネイビーブルーのベースボールキャップを被り、俺に背を向けて立っていた。俺がドアを開けたとき、彼女は白いショートパンツに収められたふっくらとした臀部を横野に両手で鷲掴みにされているところだった。

俺を惹きつけたのがそのショートパンツに収められた尻だったのは言うまでもない。衣類に収められると、裸の状態とは尻の形状が変わる。だが、その人物の尻とショートパンツは絶妙な距離感を保っていた。締めつけられすぎて脂肪がはみ出すわけでもなく、かと言って太腿とショートパンツの間に緩く隙間ができるわけでもない。まさに理想の距離がそこにあった。そして、そのようにして衣類に収められた臀部が横野の指によってさまざまな形に変形する様は、見ているだけでもちょっとした刺激のあるものだった。

誰だろう？　この尻の主は。

と――誰かが把手《とって》にかかった俺の手を握り、ドアをそっと閉めさせた。さきほどの受付嬢だった。

「あの……先生にご用でしたら待合室でお待ちください」

俺は彼女に顔を寄せる。注意しにきたふりをして俺の関心を引きたいだけなのが透けて見える。

「君、名前は？　とてもきれいな目をしているね」

俺が頬に手を触れると、彼女は髪をいじり、もじもじし始める。

「それに、いい香水をつけている」と俺は耳元で囁く。「どこかべつの部屋で、ゆっくり先生を待ちたいね。奥の事務室は？」

「……空いてます」

俺は無言で彼女の二の腕を引いて、受付の背後にある扉から事務室に入るとすぐに彼女を壁に押しつけて唇を奪った。それから、肌の上で指と唇を踊らせてしばし濃密なるひと時を堪能する。いよいよ終幕に向けて彼女の息が荒くなり始めたところで、突然ドアが開いた。咳払いが一つ。

「何をしているんだい、忍くん」

開いたドアから、縁なし眼鏡をかけた白衣の優男が現れた。

「どうも、先生――もう診察はいいのですか？」

「ああ、たった今帰ったよ。急に入った初診患者だが、至って健常だ。精神科ではよくあることでね」

横野の表情を俺はつぶさに観察した。どうやら、さっき俺が覗き見ていたことには気づいていないようだ。

俺は受付嬢のシャツのボタンを元通りに戻してやると、

「ボタンの留め方を教えていたんです。横野先生もそれくらい躾《しつ》けておいたほうがいいですよ」

「そのようだね」

それから俺は横野とともに事務室を出た。

「話があります。診察室に入っても？」

「……ああ」一瞬躊躇するような沈黙があった。「構わないよ。次の患者が来るまでのわずかな時間でよければ」

「お手間は取らせませんよ」

そう言って俺は診察室のドアを開いた。瞬間、鼻をついたのは、錆びた鉄の匂いだった。前の患者の匂いか……。

横野はドアを閉め、俺に席を勧めた。室内はよく整理が行き届いており、この男の几帳面な性格が表れている。

「横野先生」俺は腰を下ろす。「先生のお耳に入れておきたいことがありましてね」

「何かな？　手短に頼むよ」

「驟子のことです。どうも驟子は先生に惚れているようなんです」

横野の表情が固まった。

「また……何を言ってるんだ、忍くん……」

「珍しいことではないでしょう？　患者が医師に惚れるというのは」

「不謹慎だよ！　ここは医師と患者の神聖な戦場だ！」

患者の尻を鷲摑みにしておいて何が神聖な戦場なものか。

声を荒らげる横野に、俺は人差し指を一本立てて口に当てた。

「お静かに。他の患者に聞こえますよ」

横野はため息をつき、冷静さを欠いた自身の言動を悔やむように俯いた。

「私は彼女に触れたことすらない。信じてくれ」

俺は彼の目をじっと見つめ、ニヤリと笑った。

「あなたがた医師には守秘義務がおありだからなあ」

「き、君！　いい加減に……」

俺は再び人差し指を口に当て、立ち上がった横野の肩に手を置いて再び座らせた。

「信じましょう。ただ困ったことが一つ。彼女は今年の四月、ある青年に告白されましてね、そのことはご存じで？」

「いや」驚いたような顔をしている。守秘義務からではなく、本当に知らないようだ。

「彼が告白した際に、驟子はあなたの名前を出したようなのです」

「私の名を？」彼は戸惑った表情になりながらもこう聞き返した。

「ええ。ですが、彼は諦めの悪い男です。諦めきれずにあなたのもとへ来るかも知れません。俺は駿子の症状を悪化させないためにも、その青年をこれ以上近づけたくありません。ですから、先生、もし彼が来たら、自分が幸せにする、と約束して帰らせてほしいのです」

　横野は眉間に皺を寄せた。

「断ると言ったら？」

「駿子がここであなたとしていることを公表しましょう。もちろん、婚約は取りやめにして」

「ここで我々がしていることだって……？　とんでもない！　私は何もしていない！」

「いま、『私は』と仰いましたね？」

「それがどうした？」

「俺はいま駿子を主語にして尋ねたのです。それに対して『私は』と答えるのがどういう意味かわかりますよね？」

　二人の話をしているのに「私は」と言い換えたということは、少なくとも駿子の行動については否定しないということになる。

　恐らく――診察を受けているのは駿子ではない。〈春架〉のほうなのだろう。横野は〈春架〉を駿子の人格と思い込んで接し、〈春架〉の魔の手に弄ばれて下半身を固くしているのに違いない。

「真実がどうかなどどうでもいいのですよ。人々は信じたいことしか信じないのですから。それであなたの医師生命は終わる」

横野の顔が引きつった。

「……幸せにすると言えばいいんだな？」

横野は、このたった数分の間に老け込んでしまったように見えた。一つだけ確かなのは、横野が確実に驟子と関係を持っているということだ。それも——驟子のなかの〈春架〉と。

去り際に俺はこう言った。

「横野先生、患者と親交を持たれた後にはスプレーをすることをお勧めいたします。少なくとも換気をお忘れなく」

その言葉に、横野が唾をごくりと飲むのがわかった。

この時の俺は思いもしなかった。

これが生きている横野を見る最後になろうとは。

6　予兆

その夜、俺はいつものように驟子のマンションを訪れた。本来ならば身体を重ねるところだが、この日は彼女のほうで月のものだからと拒んできた。それ自体は珍しいことではない。

代わりに俺は彼女の服を脱がせて背中にオイルを塗り、マッサージを施した。体の血行がよくなると、スムーズに睡眠へと導入できるのだ。足から順に指圧をして、肩まで終えるのにおおよそ三十分。

その間、俺はずっと驟子のシルクの下着に包まれた尻を見つめていた。尻は乳房以上に下着や衣類によって形状が変わる。いくら俺が〈歩く女百科全書〉とは言え、ショートパンツに収まり、なおかつ男の手で揉みしだかれていた尻から本来の尻の姿を想像することは容易ではない。

婚約者を尻に喩えはしたが、どれが婚約者の尻かと聞かれてもわからないほどに、尻は変幻自在な代物なのだ。

尻と一口に言っても股関節や骨盤が原因となって太腿との境がないものや妙に弛んでいるもの、尻自体が平らになっているものなど形状はさまざまだ。その上、補整下着である程度フォルムを矯正できる。もっとも、下着によって補整された尻ならば、太腿の弛みによってわかる。横野の診察室で目撃した彼女の太腿にはそのような跡はなかったから、その意味ではほどよい脂臀の持ち主というところまでは限定できるかも知れない。

だが、だからと言ってたとえば、横野のところで見た尻が、いま目の前にある驟子の尻でなかったとは、断言できないのだ。

マッサージを終えた俺は彼女の隣に横たわって、自宅から持ってきた昨年父が主催した茶会の集合写真を見せた。

「ここにいる男性、知ってる?」

「……知らないわ」

コップの縁を指先で擦ったようなか細い声。驟子は学校にいる時とは違って髪を解き、乳房も露わな姿で眼鏡をかけ、写真を覗き込む。俺が示したのは横野だった。彼女は彼を知らないと言う。思った通りだ。

「この町の方？」

彼女は自分の声すら体に響くかのごとく声量を落として尋ねる。教壇では大きな声で話しているのに、驟子はプライベートではごく小さな声でしか喋らない。実際、彼女の声を聞いていると、壊れやすい陶器に接しているような錯覚に襲われることがあるほどだ。

「まあね。知らないならいいんだ」

「何かを誤魔化している時、あなたはラのフラットの音になる」

彼女は不意に機嫌を損ね、俯せのまま『源氏物語』を読み進める。セックスやマッサージの後、睡魔が訪れるまでのつかの間の読書には、『源氏物語』ほど適したテキストもないだろう。古典の教師でも苦戦するほど頻繁に主語が入れ替わるため、混乱した思考は速やかに眠りへと誘《いざな》われるのだから。

「今日はどんな一日だった？」俺もまた声量を落として尋ねる。

「いつも通りよ」吐息混じりのかすれ声は、教師としての彼女とは比較にならないほど艶っぽい。

「三つの教室で同じ内容の授業をやり、昼には静かな場所でしばらく休息をとり、午後はまた授業」

「放課後は、クリニックに行ったんだろ？」

「クリニック？　ええ、行ったわ」

彼女は目を高速に動かしながら答える。驟子は多い日は一日に四冊程度を読破する。時折目蓋が閉じかけているのには、当然彼女自身は無自覚だ。読みたい欲求と眼球の疲労は、時にべつのベクトルを向いている。

「診察はどうだった？」

「珍しく根掘り葉掘り聞くのね」彼女はシニカルに笑う。冷徹な女教師の顔。「薬ならもらってきたわ。いつも通りよ」

診察時の話題を避けたのは、記憶が欠落しているからだろう。都合の悪い質問をされぬように回避している。もう少し追い詰めて聞きこんでみるか、とも思った。

が、遅かった。その前に彼女の寝息が聞こえてきたのだ。

やはり、あの時俺が見たベースボールキャップの女は驟子だったのか？　日中に〈春架〉に身体を乗っ取られ、横野と交わったのか？

俺はそんな疑問を抱きながら、彼女に掛布団をかけてから、窓の鍵を確認し、鍵を持って部屋を出た。背後でオートロックがガチャリと音を立てる。

四月以降、俺が鍵を預かって帰り、翌朝出勤前に再び訪れる決まりになっている。夜中に春架の墓へ行かせないために立てた策だ。鍵がなければ、出ることはできても戻ることはできないし、仮に出たとしても、エレベータは鍵を差し込まないと動かない。ここは二十五階だ。

もっとも、非常階段を使えば出られるから完全に出られないというわけではないが、驟子のなかの〈春架〉だって自らの戻る場所を失いたくはないはずだ。実際、この方法をとってから夜に外出した様子はない。

ただし、〈春架〉がかなり自在に都合のいいタイミングで顔を出している事実が変わるわけでもない。したがって、真相は依然灰色だ。

まあいい。すべては終わったことだ。カラスには横野が婚約者だと話し、横野には驟子の婚約者だと偽るように説き伏せた。あと半年ほどで俺は卒業と同時に驟子と結婚し、彼女は教師を辞める。万事隠しとおせるはずだ。

なのに――何故だろう？　心に不安が忍び寄ってくる。

俺は不吉の影を吹き飛ばすように口笛を吹いて歩き出した。それでも、月だけはぴたりと後を尾けてきているようだった。

横野の訃報を父から知らされることになったのは、その翌朝のことだ。

7　罠の決壊

横野は死んだ。問題は――あの尻だ。

あの尻は、誰のものなのか？

俺は登校時間の四十分前に家を飛び出し、騾子のもとへ向かった。騾子のマンションは徒歩三分の場所にある。

「おはよう。どうしたの？　こんな朝から」

鍵を開けてなかに入ると、彼女は昨夜の下着姿のままだった。俺は俯せに寝ている彼女の尻を何も言わずに摑んだ。診察中の記憶をもたぬ騾子に、主治医の死を伝えても意味がないだろう。

「ちょっと……やめなさい、朝から。変だわ。何があったの？」

「何もない」

俺はしばらく彼女の尻を強く摑んだり優しく触れたりを繰り返した。強く握ると彼女は微かに喘ぎ声をあげたが、今はお互い快楽に興じている暇はない。騾子の尻はやや大きく、脂肪もゆりとついてはいるが、それでも垂れているわけではない。ショートパンツに収まっていたのは、この尻だったのだろうか？

「すまない。もういいよ」俺は尻から手を離した。彼女はホッとしたような、残念がるような様子で話した。

「そう言えば、いやな夢を見たわ。春架に踊るように命じる夢よ。とても威圧的な口調で。私はあの子にとっていい姉ではなかった」

「彼女は君を慕っていた。いい姉だったからじゃないか？」

「上の者に虐げられるほど、求めてしまうケースもあるでしょうね」

俺は黙った。彼女と春架が生前それほど良好な関係を築いていたわけではないことは知っていたからだ。

「支度をしたほうがいいよ。もうすぐ学校が始まる」

そうね、と言って彼女は俺から離れ、眼鏡をかけ、髪をまとめた。

いつも通りの生徒に厳しい古典教師、杉村驟子ができあがった。

俺はその姿を見届けると、鍵を渡して部屋をあとにした。

——春架に踊るように命じる夢よ。

廊下を歩いていると、驟子の言葉がよみがえった。死してなお、彼女は妹の影に悩まされ、夢のなかでも妹を支配しようとしている。気がかりな夢だ。

踊りを命じる？

まるでエロディアスの無意識のようではないか。実際に踊りを命じたのはエロドで、エロディアスは踊るなと言っていたが、踊りの褒美にサロメがヨカナーンの首を所望したときに誰よりも喜んだのはエロディアスだった。つまり、サロメの運命はエロディアスの抑圧された無意識に操作されているとも取れるのだ。

奇妙な符合。横野は、〈春架〉を診察するという意味では、国家を診断するヨカナーンと同じ立場とも言える。

第二のヨカナーンだ。第一のヨカナーン、執事の村山も死んだ。生前の春架に、レイプまがいの行為をはたらいた疑いをかけられたのだ。

そして第二のヨカナーンも、〈春架〉という復活せしサロメの餌食になったのか。

しかし——サロメはいかにしてマンションから脱出したのだろう？


蝉の鳴き声が思考を覆いつくそうとする。暑い。俺は目を瞑った。

思いのほかしんどい一日になる。そんな気がした。

何しろ、俺の仕掛けた罠は、横野の死によって崩壊したようなものなのだから。

8　禁忌の消去

「横野医師が死んだぞ」

伊能春架の墓の前に俺とカラスは並んでいた。途中の花屋で買ってきたブーケを供えながら、俺はそう告げた。

今は昼休み。日頃は図書館で書物を読み耽りながら一人昼食をとっているというカラスを、三限の終わりと同時につかまえ、ここへ連れてきたのだ。

カラスは一瞬驚いたように目を見開き、それから落ち着きを取り戻そうとして、カロリーメイトの最後の一片を口に収めた。

「病気ですか？　それとも事故か何かで？」

「殺された。夜中にナイフで滅多刺しにされたらしい。どうも両手は椅子の後ろで縛られていたようだ。拷問か、プレイが過ぎたのか」俺はカラスの表情を観察する。「おまえ、やってないだろうな？」

「馬鹿なこと言わないでください。男子寮は九時以降外出禁止です」

カラスは男子寮で暮らしている。九時を過ぎるとゲートに鍵がかかると聞いたことがあるが、塀を越えればどうにかなるだろう。

「抜け出したかもしれない」

「あいにく、昨夜は寮の納涼会に無理やり駆り出されて一睡もせずに馬鹿騒ぎですよ」

納涼会での騒動は男子寮の伝統らしいから嘘ではあるまい。

「すると――警察は杉村女史を調べることになるかも知れんな。婚約者だから」

カラスの表情は複雑な色に染まる。俺はわざとこう言った。

「だが、捜査は容易じゃないだろう。何しろ、彼女は自分では家を出られないからな」

「どういう意味です？」

「彼女はいま、精神的に不安定らしい。それで毎晩横野さんが彼女を寝かせてからその鍵を抜いておく。夜に急に突発的な行動をとって屋外に出たりしないようにな」

「それでは彼女に犯罪は犯せません」

「どうかな。完全な密室というわけじゃない。ほかの居住者が出入りするタイミングを計れば一緒に出入りすることはできるし、非常階段だってあるんだ」

「いずれにせよ——一つだけはっきりしたことがありますね。驟子先生は婚約者を失ったということです」

俺はカラスの顔を見つめた。犯人が誰なのかを考えている俺に対し、カラスの繊細な横顔はすでに、恋人の死を哀しむ驟子の傍に寄り添いたいと考え始めているのがわかった。

やはり俺の仕掛けた罠は、効力を失ってしまったのだ。

カラスは春架の墓に合掌し、立ち上がった。

「どこへ行く?」

「先輩は僕の保護者か何かですか?」

「……保護されたいならいつでもハグしてやるぞ」

「遠慮します」

カラスの足音が遠ざかる。

俺は墓を見つめた。そこには俺がかつて惹きつけられた娘が眠っている。

――忍さん、そんなにお姉ちゃんのこと、好きなの？

あの蠱惑《こわく》的な瞳に見つめられた時、俺は初めて女性に対して受け身になる自分を感じたものだ。

彼女が今の俺を見たら何と言うだろう？

彼女の姉に嫉妬する俺を笑いながら、何も言わずに腕を俺の首に回すかも知れない。

ふと、正気に返り、時計を見る。十二時三十分。

カラスはどこへ向かったのだ？　まだ四限まで時間がある。ただ単に静寂を求めて俺から離れたとも思えない。

とすると目的は、驟子か。そう考えるのが自然だろう。たった今、彼女の婚約者がこの世を去ったことを聞かされたのだ。

昼休み、驟子はいつもどこにいるのだろう？

俺は彼女が職員室にいるものと思い、自由気ままに部室で女を抱いている。

しかし――さっきのカラスの悠然とした態度を思い出す。

奴は知っているのではないか？　昼休みの彼女の居場所を。

思い浮かんできたのは昨夜の驟子の言葉だった。

――三つの教室で同じ内容の授業をやり、昼には静かな場所でしばらく休息をとり、午後はまた授業。

静かな場所。そうだ、そこに驟子はいる。

見つけ出さねば。カラスが、辿り着くよりも前に。

走り出した俺をせせら笑うように、蟬が大合唱を始める。身体を汗が伝い、シャツが肌に張りつくのも気にせずに俺はあてどなく走った。

9 乖離と接続

六角柱をした図書館の前にたどり着いたのは、十分後のことだ。

カラスが昼時の騾子の居場所を知る機会があるとすればただ一つ。自分がもっともよく昼食をとる場所に彼女が現れていたからだろう。そしてここは申し分ない「静かな場所」だ。入口脇のベンチでなら飲食も許可されている。

この図書館には滅多に人が訪れない。建物の構造ゆえなのか、自習室がないことが問題なのか。

俺は図書館の重厚な扉を押し開く。音を立てないように、そして外の光が入り込まないように、自分が通れるだけ開けて滑り込む。

六面の壁が本に埋め尽くされている三層吹き抜けの空間は、二階と三階に読書スペースとして机と椅子の配置された回廊がある。支柱に身を潜めながら上階に目をやると、案の定、二人の姿は三階にあった。

俺は二人の様子を見守っていた。声をかけることができなかったのは、すでにことが起こってしまっていたからだ。カラスは背後から驟子を抱きしめているところだった。

「僕には先生の気持ちがわかります。心の支えになりたいんです」

一階からでもカラスの声ははっきりと聞きとることができた。

「あなたみたいな子どもに何がわかるの？」驟子の声はぼんやりと柔らかく空間を漂って届く。

「先生の悲しみ、恐れ、不安、何もかもが」

カラスの抽象的な言葉が驟子の心にするすると滑り込んでいくのがわかった。やがて、驟子は何かを言い返そうとするように、カラスの腕のなかでくるりと振り返った。

カラスは――その唇を奪った。驟子は十数秒の間、身動きをしなかった。が、やがてカラスの腕のなかでもがき、最後にはカラスを突き飛ばした。

まずい。彼女がこれからカラスに発言することは予想できた。

「二度と話しかけないようにと言ったはずよ……」

「でも心配だったんです……」

「心配だと、こういうことをするの？」

「それは、先生が逃げたから」

驟子はカラスの言葉にため息をつき、かぶりを振った。

言ってはならない。それだけは――。

「私には——私には、華影忍という婚約者がいます」

恐れていた一言は、呆気なく手綱を解かれ、飛び立った。

「……忍……先輩が……？」

俺の位置からでは二人の姿は見えなかった。ただ、カラスの狼狽《うろた》える声が耳に届いた。そこでチャイムが鳴った。

「戻りなさい。授業が始まるわ」

驟子は静かにそう言ってカラスのもとから離れた。

カラスは動かなかった。

たぶん、動けなかったのだ。

驟子は支柱の裏に隠れた俺に気づくことなく、階段を降りて図書館から出て行った。

それからしばらくして、よろよろと歩き出すカラスの足音。まるで魂を抜かれたようだった。

俺はその幽霊が図書館から消えるまでじっと息を潜めた。

起こるべきことが起こってしまったのだ。

三度目の触れ合い。一度目は三月に〈春架〉として、四月は驟子として、そして七月、もう一度驟子として。二点を結べば、想いは線に変わる。その証拠に、今回は接吻から抵抗までわずかなタイムラグがあった。一瞬だが、ムードに呑まれた証拠だ。

今日をきっかけに彼女は確実にカラスを意識するようになる。

だが――カラスのほうはどうだろう？　奴はいま初めて、俺が婚約者だと知ったのだ。

不意に、パトカーのサイレンの音が窓の外からくぐもって響いてきた。警察はいよいよ驟子に狙いを定めたのだろうか。

驟子ではなく〈春架〉の仕業だと主張しても、警察は認めまい。犯罪者の人格障害が認められたケースは欧米に比べてまだ少ない。

最悪の帰結を迎えることになった。

俺は音のする正門のほうへ走り出した。

しかし――高校の正門にたどり着いたとき、心配は杞憂に終わった。そこで警官に付き添われているのは、杉村驟子ではなかったのだから。

10　新たなるサロメ

なぜ彼女なのだ？　人垣を掻き分けてその人物を目にしたとき、俺には皆目意味がわからなかった。

警察に手を引かれているその娘は、パトカーに乗せられる直前、振り返り、群衆の遙か後方を見つめた。

俺は彼女の視線の先を追った。

そこにいるのは――カラスだった。

そしてカラスは、やはり俺と同様、意味をつかみかねるように、じっと彼女を見つめていた。

カラスが、やがて虚ろな足取りで野次馬の群れをよけて前に躍り出た。警官がカラスを警戒する。

「なぜ先輩が？」

カラスが問うと、娘は答えた。

「喜んでくださらないの？　私が願うのはあなたの幸せだけなのに」

場違いなほど爽やかな笑みを残して、岡崎《おかざき》神奈はパトカーに乗り込んだ。乗り込む瞬間――スカートが翻《ひるがえ》り、下着が見えた。

その下着にしまい込まれた尻が、白いショートパンツのなかに押し込まれていたあの尻と同じものであることは、今では疑いようもなかった。

口元に手を当て、きゃあきゃあと叫び声をあげる女子生徒たちのなかで、茫然と立ち尽くすカラスが別の世界の住人のように浮き立って見えた。

パトカーが動き出すと、カラスはゆっくり振り返り、野次馬のなかに俺を見つけた。その視線から逃れることは不可能だった。まるで見えない糸があって、俺の視線を制御しているかのようだった。

俺は糸を断ち切るようにして背を向け、朗読部部室へと向かった。

部室では、道子が一人でテキストを読んでいるところだった。

『触るな！　バビロンの娘！　ソドムの娘！　触ってはならぬ。』」

ヨカナーンのパートを低い声で言うと、今度は熱に浮かされたような口調で続ける。

「『あたしはおまえの口に口づけするよ、ヨカナーン。あたしはおまえに口づけする。』」

サロメのパートだ。

本来、神奈が読むはずだった台詞。

サロメの純粋すぎる恐るべき欲望は、今の俺の心を斬りつけた。

俺は何かを間違えたのか？　きっとそうだろう。

「道子、神奈が捕まった」

道子は目を閉じた。

「知ってるわ。あの子の愛は献身的で、猟奇的。それは独占欲の裏返しでもある。忍を好いているうちはよかった。あなたは身体を許してくれるから。でもカラスはそうではない。神奈は彼の関心を自分に向けたくて、彼のためにできることを追求してしまったのね」

「いつから彼女の性質に気づいていた？」

「ずっと前からよ。覚えていない？　『サロメ』をテキストに選んだのも彼女だった。それに四月に、彼女はあなたにこう言ったじゃない？　『忍さまも首だけになったら私一人のものに？』」

その言葉は記憶していた。

あのときはただの戯言と思って聞いていた。だが、思い返せば彼女の言葉には、すでに狂気が潜んでいたということか。

ケータイ電話が鳴った。父からだった。

「朗読部の岡崎神奈君が容疑者として捕まった」と父は今にも消え入りそうな声で言う。

「知ってますよ」

「本当におまえは事件と関係ないのだな？」

「あるわけないでしょう？」

父は黙った。決していい沈黙ではない。父は俺を疑っているとき、決まって長い沈黙を挟むのだ。だが、最終的には「わかった」と言って電話を切った。これもいつもどおりだ。

俺はこの部屋で何度となく抱いた娘のことを思った。彼女は最終的に俺を忘却の彼方に追いやり、カラスへの献身によって青春に幕を引いた。青春とは、時にいびつなかたちで自分の想いに決着をつけたがるものらしい。

ほどなく——部室のドアが開いた。

「道子、悪いが席を外してくれるか？」

俺はドアを開けた人物を見つめたまま、道子に言った。

道子は何も言わずに立ち上がると、俺の頬にそっとキスをして、出て行った。

入れ替わりに入ってきたその人物は、俺を凝視していた。

「座れよ、カラス」

硝子のように儚い眼差しが俺を刺す。

いかなる抵抗も力学の崩壊曲線を妨げることはできない。来るべき時がきたのだ。

11　首の代償

カラスは、俺からもっとも離れた入口付近の椅子に腰かけた。

「あなたが殺したんですよ、忍先輩」

俺は何も答えなかった。

「先輩は横野医師と驟子先生が婚約していると僕に思わせた。あの時の会話を、恐らく神奈先輩に聞かれてしまったんです」

墓地に咲いていたアカンサス・モリスが揺れていたのを思い出す。動物かと思っていたが、神奈が繁みに隠れて盗み聞きしていたのだろう。

その後の展開は俺にも想像がつく。横野がカラスを苦しめていると考えた彼女は、捨て身の制裁を思いつき、初診の予約をとる。

俺がやって来たとき、横野に尻を摑まれていたのは、神奈だったのだ。セーラー服姿ではなく黒い半袖シャツ、白いショートパンツにネイビーブルーのベースボールキャップという服装だったため、俺はそれに気づくことができなかった。せめて乳房が見えていれば、一発で見抜けたかもしれないが。

そう、俺は婚約者である驟子の尻は熱心に観察していたくせに、神奈や道子になると驟子ほどには尻を重視して見たことがなかったのだ。

婚約者に求めるのは永遠の曲線だが、恋人に求めるのは一瞬の輝きだから。そのために、俺は神奈の尻を目の当たりにしながら、それを彼女のものだと見分けることができなかったのだ。

鉄の匂いと感じたのは、生理中にことに及んだからだ。

あの日、道子の身体を弄んでも神奈が俺に絡んでこなかったのは、単にカラスに執心していたからだけではない。生理中だったのだ。

にも拘わらず――彼女は真実の愛のために横野に身を投げ出した。

――急に入った初診患者だが、至って健常だ。

横野のそんな台詞が思い返される。神奈はあの時、横野を誘惑して途中までことに及び、残りはお楽しみと言って夜の約束をかわしたのだろう。殺害を実行に移すのは人目のない夜のほうが都合がいい。

「忍先輩があんな嘘をつかなければ、起こり得なかった事件なんです。なぜあんな嘘を？　先輩が婚約者だと教えてくれれば、僕は何も尋ねずに身を引きましたよ」

俺は、彼に伝えるべき回答を持ち合わせていなかった。沈黙が暗雲のように広がりつつあるのに反して、夏の太陽はぎらぎらと室内に入り込んで長い影を創りだしていた。

ぎゃ……ぷるるるふぃりりりりり……

パソコンの中の人魚が悲鳴ともつかぬ奇声を発した。熱を持ちすぎてフリーズ現象が起きたのだ。やがて——バツッと破裂音がして、画面が真っ暗になった。

カラスは俺を睨みつけ、やがて掠れた声で言う。

「僕は朗読部を辞めます」

「好きにしろ」

そう答えながら、俺は自分がこの言葉を聞きたくないがために回りくどい方法で彼を騙そうとしたのではなかったか、と思った。

とどのつまり、俺はカラスを自分から遠ざけることなく、駆子を諦めさせたかったのだろう。そして、そのためには何としても、俺が駆子の婚約者である事実を隠しておきたかったのだ。

だが、その結果、流さなくてもいい血が流れた。

朗読部員の一人が学校から去り、もう一人が今まさにこの部屋から出て行こうとしていた。

やがて、カラスは乱暴にドアを閉めた。

静寂が戻ってくる。

蚊が——腕を刺した。素早く潰して出た赤い血は、己の色だ。また俺は自らの血を流し、むず痒さを手に入れたのだ。

12　ヨカナーンに捧げる供物

「とうとう二人だけになっちゃったわね」

部室に戻ってきた道子は、俺の膝に跨《また が》ってそう囁いた。

「そうだな。ここは楽園から失楽園に変わりつつあるようだ」

赤い陽が、俺たちを覗き込んでいる。

「残されたのは、恋人でも何でもない二人。二人は身体を重ねるけれど、その行為には名前がない。卒業したらこの関係も終わり？」

「さあな」俺は激しく道子の尻を摑んだ。尻は摑んでいる間は俺の手のなかで自在に変化するが、そうでないときは別の顔になる。

「痛い……もっと優しく……」

「無理だ」

「ばか……」

捻じれ、もみくちゃにされてゆく尻は、昨夜新たなるサロメによってその命を落としたヨカナーンに捧げる供物。運命に抗おうとカラスに禁忌の罠を仕掛け、無駄な血を流した俺の贖罪の花だ。

カラスと驟子の恋は燃えたぎり、俺はまずい水をかけて余計に炎を強めただけだ。もう手の施しようもない。

夏は朱く染まってしまった。

ケータイが鳴る。驟子からだろう。だが、俺は出なかった。

「出なくていいの？」

「よけいな口はきかなくていい」

俺は道子の口にハンカチを押し込む。苦しげに喘ぐ道子の尻を殴打すると、道子は表情を歪めながらも快楽に目を細めた。

やがて――俺はからっぽになった。

何もかもを道子の身体に流し込んでしまった気がした。疲れ果てた身体に、苦い悔恨と果てしない喪失感を染み込ませた深い闇が忍び寄る。この空虚さを、受け入れよう。

がらんどうの俺の心はそう思った。

神奈はいない。カラスも消えた。

またケータイが鳴る。着信を見ずとも、誰からかはわかる。

空虚さを、痛みを、受け入れよう。それらは俺が、自ら手に入れたものでもあるのだから。

ヨカナーンの首と、ふたたびのサロメを引き換えにして。

幕間のサロメ——その2——

あんなことになるとは思わなかった。人間は必ずどこかで道を間違える。大事なのは、間違えたポイントから次にどう進むか、だ。

少なくとも、今の私は、それについて客観的に考えられる精神状態になかった。涙も涸れ果てた。カーテンの隙間から陽光が差し込むように、あの男は私の心の隙に、入り込んできたのだ。

「お姉ちゃんって忍さんと付き合ってるんでしょ？」

春架がそう尋ねてきたのは、それから一週間ほど経ったある午後のことだった。

春架は音楽室でピアノを弾きながら話しかけた。彼女は昔からピアノの手を休めずに話しかける癖があった。弾いていたのは、チャイコフスキーのピアノ曲『秋の歌』。

春架は最近になって、漸《ようや》く学校に出て来るようになった。父親の死以来、春架はずっと心の糸が切れたみたいに生きていた。家のなかのことはもとより、思春期の娘としての最低限の義務も何もかもを拒絶して。

ふらりと出かけては都会で一日遊び、帰って来る。そういう暮らしを彼女はここ数カ月続けてきた。もともと勉強のできる彼女には授業なんて煩わしいものであったに違いない。

そんな彼女が、急に先週から学校に顔を出すようになった。

私としてはその動機が知りたいところだった。

「どうしてそんなことあなたが知ってるの？」

「こないだデートしてるところ、目撃しちゃった。かっこいいよねぇ、あの人」

正確にはあれはデートではない。それも、彼女が見たのはあの十数秒の瞬間のことに違いない。

「男の人を尾行したら、華影邸ってところに入っていったから驚いちゃった。華影邸って、私たちの高校の校長の家じゃない？　校長の息子さんが学校にいると聞いてはいたけど、まさかその美青年がお姉ちゃんの彼氏とは思わなかったなぁ」

興奮しはじめると、春架の声は高いドの音になり、周波数も高くなる。私にはそれが耐え難い。

「……ねえ、あなたが先週から学校に顔を出すようになったのは、もしかしてそのせい？」

「そうよ？　お姉ちゃんの恋人がどういう人か、ちゃんと確かめなくちゃって思ったの。それに、最近ママがうるさいのよ。学校に行け行けって……。私が忠明さんをいつか奪うんじゃないかなんて妄想に駆られているみたいなの。中年女性の被害妄想って怖いわよね？」

先日までは母の心情はまったく理解できなかった。だが、今、彼女が忍に興味を持ち始めたのがわかると、自分の心にも妙な警戒心が芽生えているのは否定できない事実だった。

「私、朗読部に入部しちゃおっかなぁ」

「やめなさい」

「どうして？」

私は知っていた。生徒たちがあそこを忍の神殿と呼んでいるのを。

あの場所は忍が主である秘密の園。そこには二人の女子部員がいる。そして、その部員以外にも、忍は時折女子生徒を連れ込んでいるという噂だ。

学年主任や教頭でさえも、見て見ぬふりを決め込んでいる。恐らくは、忍が校長の息子であるがために。

それゆえ、治外法権の認められたあの空間への誘いがあったかなかったかは、女子生徒たちのステイタスを決めるところでもあったのだ。「私一回だけしたことある」と自慢げに語る女子に、べつの女子が「私なんか二回」と胸を張る。

そのうちの何割かは見栄による虚言だとしても、すべてをでたらめとするには、忍を取り巻く噂はあまりに黒かった。

「そんな暇があるなら、ピアノの練習をもっとしたらどう？」

「私、練習なんかしなくても上手いもの」

一音一音を丁寧に弾く私に比べ、春架は流れるように弾く。昔は、踊るようにピアノを弾く春架が妬ましかったが、今はもうそんな感情はなくなっていた。

「じつはね、先週私——忍さんと喋ったよ」

「……」

こちらの沈黙に、春架は笑い出した。

「もう、お姉ちゃんまで私に神経尖らせないでよね。大丈夫よ、喋っただけなんだから。でも、とっても素敵な人」

嫌な予感がした。妹の目のなかに、サロメが宿るのを見たからだ。私はそれから毎日不安で仕方なくなった。

教師という立場上、校内では忍の行動に関知しないようにしてきた。どんなに彼の言動が怪しかろうとも、それは一生徒のしていること。私には関係ない、と頑なに考えるようにしていた。ところが——春架という身内がそこに加わることで、校内の忍と恋人の忍の分離が難しくなる。以来、私は少しずつ情緒が不安定になっていった。

一方、春架のほうは放課後によく華影邸に向かっていたようだ。私は彼女が忍を追いかけて一緒に校門を出る姿を、職員室の窓から見てきた。

あるいは——そこで止めていれば、村山さんがあんな悲惨な終わりを迎えることはなかったのかも知れない。

白い秋とはじまりのサロメ

1　太腿の記憶

木々の葉が命を焦がし始めると、空はそれまでよりずっと白く見える。十一月の空は、まるでアンリ・アドリアン・タヌーの描く、静かなエロスを湛えながら視線を拒絶する女の太腿のように、いつもよそよそしい。

俺は窓の外から朗読部の部室内へと視線を戻す。目の前にあるのは、足を組んで朗読の練習をしている幼馴染、道子の太腿だ。

「じろじろ見ないで」

「じゃ、触れよう」

陶器のように白い彼女の太腿はそれ自体がひとつの芸術品のようだ。俺の指はすうっと彼女の太腿の上をすべってスカートの下にゆっくり入り込もうとする。

「……練習するんじゃなかったの？」

明後日は秋の恒例行事〈文化の集い〉がある。いわば、文化部のお祭りであり、我々朗読部は朗読会を開くことになっている。今年の演目は『サロメ』。演者は俺と道子の二人だけだ。

「やめた」

「もう……」道子は諦めたのか無抵抗になる。

「太腿は生殖器の隣接記号だ」

「隣接記号？」

「牧場の隣接記号は緑、緑の隣接記号は健康、といった具合さ」

「それじゃあ、あなたの隣接記号は――カラスだったりして」

道子は俺の手を払いのけた。朗読の練習に集中したくて、わざと俺が好まない方向へ話の舵《かじ》を切ったのだろう。

「カラスと仲直りすればいいのに」

「俺の問題じゃないさ」俺は道子の背後に回り、乳房をまさぐった。道子の吐息が荒くなる。

「すべては彼女のせい？」

〈彼女〉というのは俺の婚約者である古典教師、杉村驟子のことだ。カラスは三月に驟子を見初め、七月には図書館で彼女にキスをし、彼女もほんの数秒とはいえ自我を失ってそれを受け入れた。

「まあな」

だが、正確に言えば、俺とカラスが口をきかぬようになったのは〈彼女〉こと驟子のせいではない。彼女が俺の婚約者であることを、カラスに黙っていたせいだ。カラスが驟子を愛し始めていることを知りながら、俺はしばらくその事実を告げなかった。彼が真実を知ったのは、夏に図書館で驟子とキスをした後のことなのだ。

以来、カラスは朗読部に寄りつかなくなった。廊下で顔を合わせても、すぐに目を逸らす。微かに口を尖らせながら。その硝子のように繊細な横顔は日に日に憂いを帯び、いっそう美しくもなる。

「最近、話してないの？」

「お喋りが多いぞ」

「あっ……んっ……」

道子は不意の攻撃に声を上げまいと唇をきゅっと嚙みしめた。

窓の向こうで枯れ葉が一つ、はらりと空に舞うのが見えた。真っ赤に染まっている中庭の樹木から、また一葉、飛び立ったのだ。

なぜ死を意識した枯れ葉たちは赤く色づくのだろうか？

それはどこにも向かわない問いだった。

道子の体内から洩れる神秘的な水の音に耳を澄ませる。失われつつある楽園の、いつも通りの音。すべてが終わると、道子はぐったりと机に横たわり、俺の身体をそっと撫でた。

「忍。あなた、これまでの人生で恋人を奪われた経験がある？」

「ないな。奪ったことなら数えきれないが」

女を奪われたことはいまだかつてない。だが、嫉妬という感情なら、今年になって痛いほどに味わっている。カラスの驟子への想いに気づいたとき、咄嗟にカラスに諦めさせようと心が動いたのも、嫉妬の仕業と言えるだろう。結果としてカラスは現在、驟子から遠ざかっている。

「こないだも廊下でカラスが杉村先生をじっと見ているのを目撃したわ。彼、絶対まだ諦めてないわよ」

「だとしても奴は手を出すまい」

俺の婚約者と知ってなお手を出そうとする男ではないのだ。

だが、カラスが諦めずに本気で驟子を奪おうとしてきたら？

「どうかしらね……想いに蓋をするのってとても難しいものよ」

道子は『サロメ』のテキストを手にとる。

「一枚皮をめくれば、私たち高校生なんてみんなサロメといっしょ。ほしい唇なら、首を切り落としてでも手に入れる」

不意に強烈な風が吹き、窓がカタカタと音を立てる。

確かに、若さとは獰猛な獣。それは俺も自覚している。何とかせねば。カラスの想いに蓋をする方法はないだろうか？

そう考えていると、過去がオーバーラップした。

感情のしまい方すら知らなかった一年前の自分が脳裏によみがえる。己の若さが傷つけてきたものの総量に目が眩みそうになった。

俺が遠い目になったのを、道子もまた見逃さなかった。

「ずっと聞きたかったの。村山さんが自殺したのは伊能春架が原因よね？　でも、稔兄《みのる》さんの死はどうだったの？　やっぱり、彼も春架に魅せられ、餌食になった一人なのかしら？　私聞いていたのよ。村山さんの葬儀の後、あなたのお父さんが、稔兄さんと春架が付き合っていたようなことを言っていたのを」

道子が春架の話を振ったのは、この高校でサロメと言えば伊能春架を指すことを思い出したせいだろう。春架は我が華影邸の執事・村山にレイプされたと訴え、その騒ぎを受けて村山は自殺した。

生徒たちは、村山をヨカナーンに、春架をサロメに見立てて大袈裟なゴシップの種にした。そして、その一カ月後、サロメもまたこの世から去った。

だが、じつはこの校内の生徒たちがあまり知らないことがある。俺の兄の死だ。昨年、俺はたった一人の血を分けた兄を失っていた。それも、村山の死より二カ月前——ちょうど昨年の今頃に。そして、彼の死もまたまがうことなき自殺だった。

「わかっているのは、兄貴は太腿に魅せられたってことさ」

俺がそれを記憶しているのは、兄が恋に堕ちていたのと時を同じくして、俺もまた一人の女の太腿に魅せられていたからだ。

俺はそっと記憶の扉を開く。たった一年前の出来事なのに、その扉は砂をかぶった古代の墓石のように重たい。そのくせ一度開くと、そこからは豊かな色彩と香りが襲いかかって俺を苛める。過去とはいつでもそういうもので、だからこそ、恐ろしいのだ。

2　白と黒

それは昨年十一月の半ばのことだった。部室で部員の女たちと淫靡《いんび》な遊びに耽った後、日が暮れたのを機に帰ることにした。

静かなエンジン音に気づいたのは、校舎を出て校門へ向かうべく、教員用駐車場の脇を通り抜けようとした時のこと。音源は、青のフォルクスワーゲン・ゴルフ。一見、誰も乗っていないようだったが、近づくと、運転席のシートを倒して女が眠っているのが見えた。

スカートがはだけ、黒のガーターストッキングとのコントラストで白さの際立つ太腿が覗いている。きわめて肌理《きめ》の細かい、しっとりと白い肌だ。俺の眼鏡にかなう女はそうはいない。道子もそうとうだが、これほどではない。

しかし、すぐにそこが教員用駐車場であることに気づいた。こんな蠱惑的な太腿をもった女がここの教師にいただろうか？

俺は窓をノックした。彼女は目を醒まし、こちらに目を向けた。それでもなお、俺はその女の正体がわからなかった。窓が開く。

「お身体の具合は、大丈夫ですか？」

すると——彼女は俺を睨み、手を伸ばして俺のネクタイをきゅっと締めたのだ。

「家に帰るまではネクタイ、ちゃんとしなさい」

「え……」

気後れした。こんな展開は予想していなかったからだ。

クスリと彼女は微笑み、眼鏡をかけた。

「杉村せんせ……」

「地味でダサい古典教師に、匂宮《におうのみや》が何の用？」

普段教壇で聞くのとはまるで違う、掠れた繊細な声だった。

匂宮とは、『源氏物語』に登場する遊び人の男の名だ。そう呼ばれたことで、俺が彼女にどんなふうに思われているのかはわかった。

「……いや、死んでるのかと思ったので……」

「助けてくれようとしたわけ？」

「まあね」もちろん、口から出まかせだった。

「華影忍君。あなたと話しているところを見られたら、女生徒にあらぬ疑いをかけられるわ。今後は謹んでちょうだい」

どう答えたものか一瞬躊躇した隙に、騄子は車のエンジンを吹かし、「早くお家へお帰りなさい」と言うなり車を発進させた。

茫然と佇《たたず》んで車を見送りながらも、頭のなかには彼女の黒いストッキングと白い太腿しか浮かばなくなっていた。

もしも興味が、あらゆるものとの距離を決定づけるのだとしたら、俺が騄子に興味を抱いた時点で、いずれ彼女の太腿に触れる日がくることは決まっていたのかも知れない。

3　相談と猥談

「話してよ、お兄さんのこと」

一点を見つめていた俺を道子がせっつく。

「やけにこだわるじゃないか」

「朗読会のためよ。サロメの感情がいまいちわからないの。彼女の狂気の片鱗だけでもリアルに感じたいわ」

道子はこういうところは妙に真面目なのだ。俺は彼女の頰に手を当てて微笑んだ。

「春架の狂気からサロメを学ぶ、か。いいだろう。だが、その前に俺はカラスに会ってこなければならない」

いま回想をしながら同時に思いついてしまったのだ。カラスの想いに蓋をする最善の方法を。

「……何か良からぬことを企んでいるのね？」

「とんでもない。その逆さ。仲直りをするだけだ」

詮索されずに済むように俺は道子の頭を乱暴に撫でてから服を着て、部屋を出た。

たぶん、俺が考えているのは「良からぬこと」なのだろう。その証拠に、夏の苦い記憶が俺を責めていた。おまえは懲《こ》りたのではなかったのか、と。

だが、また同じ轍《てつ》を踏むほど俺は馬鹿ではない。今度の計画は極めて明快で、失敗による悲劇など起こるはずはないのだ。俺は自分の胸に言い聞かせた。大丈夫だ、誰も傷つくことにはならない、と。これこそすべてを円満に解決する唯一の方法なのだ。

図書館に足を踏み入れるのは、夏以来だった。そう思うと、俺の胸はざわついた。

七月、カラスはここで驟子にキスをした。あれ以来、驟子は時折読書の間にぼんやりと宙を見つめることが増えた。そして、春架の人格が現れる病状もまた悪化の一途をたどっていた。

今のところ、それは眠りに就く前の、俺との睦み合いの時間に限定されている。この数日のうちにも何度か〈春架〉が俺の身体を求めている、と感じることがあった。

はじめのうち、こちらの欲求に抗うような喘ぎ声をあげて身を捩《よじ》らせているのが、突如潤いが増し、自ら身体を揺らし始め、情交の主導権を握ろうとしてくるのだ。

そういう時、彼女は俺のことを〈忍さん〉と呼ぶ。かつて春架がそう呼んでいたように。

——忍さん、嬉しい。もっときて。お姉ちゃんなんか放っておいて、早くぅっ……！

ことに及んだ後は疲れて眠り、目覚めるともとの騾子に戻っている。だが、もしまた以前のように日中に〈春架〉が出てくるようになったらどうしたらよいのか、解決の糸口は見えていない。

「何の用です」

三階にたどり着くと、図書館の主は足音だけで俺だと理解したかのように鋭く声をかけた。彼は椅子に腰かけてほっそりとした脚を組み、書物を読み進めていた。瞳は以前よりも憂いが増し、黒髪はいっそう艶やかに見えた。

「猥談がしたくなった。久しぶりにな」

カラスは迷惑そうな顔になり、一階に図書委員の生徒がいないかと階下を覗き見た。

「大丈夫だ。誰もいないさ」

この学校の図書館利用者が極端に少ないせいだろう、図書委員はほとんどその役職を放棄しているのだ。

「……帰ってください。もうあなたと関わりたくないんです。僕が朗読部を辞めた人間だということ、お忘れですか？」

「覚えているさ」

「では、あなたの婚約者を愛してしまった男だということもご存じでしょう。どうぞお引き取りを」

「図書館にいるのにおまえの許可は要らない」

「じゃあ僕が出て行きます」

「ふふ。それより、今日は折り入っておまえに頼みがあるんだ」

「頼み？　まだそんなことを……」

「驟子とセックスをしてくれないか？」

「は……？　あなた馬鹿じゃないですか？」

カラスの声は上ずった。表情からは憂いが一瞬遠ざかり、顔には微かに赤みが差した。

「俺もそう思う。同意する。だからおまえも驟子とのセックスに同意してくれないか」

「……頭がイカれてる。気は確かですか……？」

「彼女がそれを望んでいる」

「婚約者以外の男と身体を重ねることをですか？」

「いや、おまえと寝ることを、だ。正直なところを打ち明けよう」

俺は特別なカードを取り出すことにした。

カラスは、ようやく視線をこちらに向けた。

「じつは、おまえが愛しているのは驟子であって驟子ではない」

紛れもない事実。三月に図書館で最初にカラスを誘惑したのは、驟子のなかの〈春架〉だったのだから。

「また詭弁ですか。たしかにあの時、驟子先生は妹さんの名を出されました。でもそれは言葉の綾で――」

驟子は春に音楽室でカラスにこう言った。

――たとえ三月に私が何をしたのであれ、それは私の意思ではないの。彼女の――春架のつかの間の遊戯に過ぎないのよ。

カラスはその言葉を、驟子が過ちを犯したことを表す独特の修辞法だとでも思っているのだろう。

俺は首を横に振って静かに否定した。

「三月に初めておまえを図書館で誘惑したのは、驟子のなかにいる別人格〈春架〉だ。妹の死後、彼女はその死を受け入れられなかったためか、〈春架〉の人格を創りだしてしまった」

「……どこまで子供だましな嘘をつく気ですか」

カラスは吐き捨てるように言い、時間がもったいなかったとでも言いたげに本に視線を落とした。

「信じたくなかろうが、事実さ。横野医師は、彼女の治療に当たっているさなかに亡くなった」

「そんな馬鹿な……」

「彼女は横野医師の死後、ほかの病院に行こうとしない。病状が再び悪化し始めているのに。〈春架〉になった彼女は、俺に興味を示さず、おまえを求めている。昨夜〈春架〉はどうしてもおまえのことが諦めきれない、と俺に打ち明けた」

「……〈春架〉は僕が誰か知っているのですね？」

一度回りだすと、俺の舌は滑らかによく嘘をつくようになる。大事なのは、真実を基盤に据えることだ。そうすれば、嘘ではないと自身に言い聞かせることができる。今のところ、嘘は〈春架〉がカラスを求めているという一点だけだ。

「俄《にわ》かには信じがたい話です」

「だろうな。俺だって信じるのに半年くらいかかった。だが、これは現実さ。〈春架〉が現れるのは大体眠りの前だ。驟子に接するような態度で〈春架〉に対応すると彼女は混乱するから、〈春架〉が現れたら、言いなりになる。だが、おまえに抱かれたいという願いばっかりは俺ではどうしようもない」

「だから——僕に〈春架〉と交われ、と？」

カラスは本を閉じ、顔を上げた。

「ああ」

「僕が拒んだら、どうなります？」

「いずれ騾子の身体を〈春架〉が乗っ取る日がくるかも知れないな」

長い沈黙が流れた。カラスは俯き、頭を抱えた。

「中身の人格が誰であれ、そして誰に望まれるのであれ、騾子先生を抱くことはできません」

「モラルの問題か？」

「それだけではありません。いろんな意味で適切ではないと感じるからです。僕は不適切なことをするのは好みません」

思った以上に頑固な男だ。好きな女を抱くことをこうも渋る輩がいようとは、想定外だった。

「では話し相手になってやってくれないか。おまえと話せば、〈春架〉は幾分気が落ち着くと思う」

「考えさせてください……考える時間がほしいんです」

時計をちらっと見る。ちょうど午後五時になるところだった。

「明日のこの時間までだ。それ以上は待てない。決行は夜十時」

「寮の門限があります」

「先に許可をとれば大丈夫なはずだ。親が来たとでも言えよ。一刻の猶予もならないんだ。彼女の病状は悪化の一途をたどっている」

「……わかりました」

「それから、参考までに一つ。おまえが騾子に触れる気がないのなら余計な情報かも知れないが

――躰子の身体はじつに美しいぞ。各部位ごとに神が宿り、それらが有機的に連なってシンフォニーを奏でている。俺のお気に入りは太腿だ。生殖器の隣接記号でありながらすでに独立した一つの神々しさを確保し、自己主張を始めている。クリムトの《ダナエ》の太腿のように」

「クリムトの？　確かに、太腿の魅力を前面に押し出した構図ですが、あえて太腿に着目するならば、シュトゥックの《官能》を挙げるべきですよ。あくまで絵画的構図としてですが」

この男は猥談には応じないポーズをとりながら、芸術が絡めばどこまでもうっかり応じてしまうのだ。

「あの蛇に巻きつかれた女の絵か。いい趣味だ。蛇を巻きつけることで、鑑賞者の注意を白い太腿に惹きつけることに成功している。ならば、あえて言っておこう、彼女の太腿はそれ以上だぞ」

「太腿の話はもういいですから……」

カラスは顔を赤らめ、肩の辺りのシャツを持ち上げる。久々にその仕草が見られて、俺は嬉しくなった。

「明日の返事を楽しみにしているぞ」

図書館を出ると、真っ赤なイロハモミジの並木があんなに白かった空を呆気なく染めようとしていた。処女が魔性の女に変わるように。白のとなりにはいつも赤が待ち受けている。

白い肌は熱を帯び――

再びあの日の記憶が蘇ってきた。

4　蝶の解放

甘美な、あまりにも甘美な太腿の記憶で満たされながら、俺はあの日、家に帰り着いた。兄の稔は、ダイニングで珈琲を飲みながら画集を眺めていた。

ほっそりとした腕で頬杖をつき、気怠そうにしていると、その中性的な雰囲気に身内ながらぎょっとすることがある。

兄は病気がちな幼少期を送ったせいか、成人してからも一日の大半を自室で、庭で捕まえた蝶を愛でて過ごしていた。こんなふうにダイニングで姿を見かけるようになったのは、つい最近、恋人ができてからだ。

ふだんなら兄がいても、ただいまも言わずに自室へ向かうところだが、ふと彼の開いている画集が気になった。兄の趣味にそぐわないものだったからだ。

「ミュシャなんて、兄貴、興味あったか？」

俺の問いに思いがけず動揺したらしく、兄は爪を嚙みだした。こういう癖は幼少の頃から何も変わっていない。まるで時間から置き忘れられたかのように兄の心は脆《もろ》く壊れやすい少年期のままだ。

「……今度の日曜日、展覧会に行くんだ」

兄は眼鏡を持ち上げてどうにかそう返した。ふうん、と言ったものの俺は内心で兄の精いっぱいの〈ぼかし〉を笑っていた。ミュシャなんて兄の趣味ではない。彼が好きなのは、ヒエロニムス・ボッスのようなシュールな中世絵画だ。

「例の女とか？」

兄は再び爪を噛みながら頰を真っ赤に染め、いずれ質問自体が消えると信じているみたいにじっと黙って俯いた。図星か。やはり恋人の趣味らしい。ややあってから、兄はぼそりと言った。

「今度伊能家にも挨拶に行くつもりだし、いずれ親父に結婚相手として紹介したいとも思ってるんだ」

「本気なのか……。まあ、それはめでたい」

はっきり言ってどうでもいいことだった。俺の頭の中はいかにして杉村驟子を落とすかでいっぱいになっていたのだ。

「忍、恋って、素敵なものだね」

新たな蝶でも見つけた時のごとくその目は静かに煌めいていた。

「情交はもっといいよ、兄貴」

「……蛮族的思考だ。忍とは価値観が違い過ぎるよ」

「今に始まったことじゃないだろ？　それより、恋人にかまけていると、蝶が寂しがるぞ」

兄はその言葉に苦笑し、「大丈夫、餌はさっきもちゃんとあげたから」と律儀に答えてから自室へと戻っていった。


その週末の日曜日、俺は駅前の繁華街を散策していた。

目的は一つ。驟子に学校の外で接触を図るためだった。俺は彼女がそこに現れるという情報を前もって入手していた。校内ではなかなか見られない彼女の素の反応を確かめるのが狙いだった。

それなのに、予想どおりに驟子の姿を見つけることができた瞬間、想像していた以上に胸の中がざわついた。モノクロの色彩を帯びた驟子は、雑多な色彩で構成された街並みからくっきりと浮き立っていた。

俺は改めて、彼女に対する己の内なる欲望の深さを痛感した。

微かな後ろめたさや迷いは消えていった。何度もイメージした通りに背後から声をかけると、何か言いかけた彼女をそっと黙らせ、キスをした。

束の間、驟子は雰囲気に呑まれたようだった。

だが、ここが人で溢れかえる場所だと思い出したのか、我に返ったように俺を突き飛ばし、周囲を見回した。

「何てことをするの……」

「無駄ですよ。もう見られちゃったんだから」

驟子は俺の頬を叩こうと右手を振り上げたが、俺はそれを止めて抱きしめた。

「あなたは自分のしたことの重大さが何もわかっていないわ」

「俺がしたのは愛する人の唇を奪った。それだけですよ」

話にならないわ、と驟子はため息をついた。やがて、ゆっくり身体を引き離すと力なく言った。

「何もなかったことにするわ。今あったことは忘れます」

「先生は今日のことを忘れたりはできませんよ。一生ね」

彼女は押し黙り、それから顔を覆った。自分のなかに湧き起こりつつある複雑な感情を処理しきれずにいるようだ。

俺は彼女を抱きしめ、再び唇を奪った。忘却の扉を封印するために。


家に帰ると、すでに夕食の時間は終わっていた。

ダイニングには父も兄もすでにおらず、執事の村山がいつも通り出迎えた。まだ三十半ばくらいだろうが、彼が執事として非の打ちどころのないタイプであることは認めざるを得ない。

彼はメイドたちに片付けの指示を出し、俺に珈琲が要るかたずねた。つねに華影邸の全体に気を配ることができるのだ。

「今日は、要らない。それより兄貴は？」

「部屋でお休みになると仰っていました。今日は特に体調がすぐれないようで」

俺は気になって兄の部屋へ向かった。ドアを開けると、兄はちょうど机の上の虫籠を覗き込んでいるところだった。

籠の中は――空だった。

「さっき部屋に入ってきた蝶をね、この中に入れてたんだよ」

兄はこちらを見ることなくそう言った。

「何も入ってないぜ？」

「逃げていっちゃったんだ。きれいなものっていつでも指の隙間からこぼれて消えていくんだ、どうしてかな」

「いいじゃないか。兄貴はすでにいっぱい蝶をもってい……」

兄の言葉を不審に思った俺は部屋の中を見て息を呑んだ。虫籠がそこかしこに散乱しており、そのどれもが、空になっていたのだ。

何十匹といたはずの蝶が――消えた？

だが日々あれだけ可愛がっていた蝶が一匹残らず消えているのに、兄は気色悪いほどに落ち着き払っている。いつもの永遠の少年は、粉々に砕けてがらんどうになってしまったとでも言うのだろうか？

「兄……貴……？」

その口元の薄ら笑いを見れば、蝶を逃がしたのが兄本人であることが読み取れた。そのうち、クスクスと笑いだした。はじめは小さかった笑い声は、急速に大きくなり、やがて唐突に終わった。

それから、兄は椅子の背に寄りかかると、宙にゆっくり手を伸ばした。

「兄貴、大丈夫か？」

俺の問いに、返事はなかった。

彼の指は、まるで見えない蝶を摑もうとするかのようだった。

そのとき俺は確かに目にしたのだ。兄の目に狂気が宿っているのを。

5　快楽と罠

うなじの辺りに親指を当て、ゆっくり押す。今宵もまた俺の指が驟子の身体を旅するひと時が始まろうとしていた。驟子のマンションで就寝前にマッサージを行なうのは最近ではすっかり日課になっている。

「今日、忍が図書館から出てくるところを見たの」

俺の指が首から肩へと移ったところで、驟子が言った。

「ちょっと探し物があってね」

俺は背中の肩胛骨《けんこうこつ》の辺りを親指で揉みほぐしながら答える。まさかカラスに会いにいったところを見られていたとは思わなかった。

「またラのフラット」

「探し物は本当さ」

「……それで、その探し物は見つかったわけ？」

「もちろん」

驟子はそれ以上深く尋ねようとはしなかった。俺は再び指の旅に集中し、彼女もまた指の与える快楽に身を委ねた。肩から腰へ、そしてなだらかな臀部の山を越えて太腿へ。今度はゆっくり太腿のリンパを下から上に向けて流していく。あの頃と変わらぬ肌理の細かな二本の太腿をじっくりと指圧しながら上昇すると、二つのラインの交点がやってくる。マッサージは徐々に形態を変え、当初の目的からずれ始める。やがて一通りの営みが終わる。いつも通り。

うっとりするように目を閉じた彼女の顔を見れば、今夜のつながりが満足のいくものであったことはわかる。

俺は考える。図書館でカラスに言ったことは部分的には嘘だった。最初に彼を誘惑したのが〈春架〉だとしても、現在の〈春架〉がカラスを求めているわけではない。むしろ求めているのは驟子だ。

俺が図書館から出てくるところを見たというのも、彼女がカラスの居場所である図書館周辺に意識を向けていた証拠。驟子は今もなおカラスを意識して、その居場所を把握し続けているのだろう。

「忍さん――」

「……どうした？」

忍さん？　思わず身構えた。驟子ではない。〈春架〉が現れたのだ。

「忍さんは死なないでしょ？」

「いずれは死ぬさ。今日明日ではないだろうがね」

「私より先に死なないでね。お願いよ。忍さん……」

そう言った彼女はすでに眠りのなかにいた。眠ってしまえば、翌朝には驟子に戻っているだろう。俺は彼女の髪をそっと撫でた。今は驟子とも〈春架〉ともわからぬ女の髪を。

カラスは約束通り、翌日の夕方五時に部室に現れた。

ちょうど道子が彼女自身の繊細な場所を指先で弄ぶ様を離れた席から俺が鑑賞していると、ドアが開いた。道子は咄嗟に開いていた足を閉じて、恥じらうように窓のほうに顔を背けた。

「道子、続けろよ」

「もう知らない！　来るの知っててやらせたでしょ？」

道子は背を向けたまま言う。怒っているらしい。

「……相変わらずですね……」

カラスは顔を真っ赤にして、自分の見た光景を打ち消すように大きく咳払いをした。

「決意はできたか？」と俺はカラスに尋ねた。

「ええ、まあ……道子先輩、すみませんが少しのあいだ席をはずしていただけますか？」

仕方なく俺はカラスの言う通りに、道子に退去を命じた。

「久しぶりね、二人で厭らしいことしちゃダメよ」去り際に道子はカラスの耳元で囁き、もとの色に戻りつつあった彼の顔を再び赤くさせた。

二人きりになると、彼はすぐに切り出した。

「今朝、寮には時間外外出の許可をとっておきました。夜の十一時には戻らなければなりませんが」

「それで構わないさ。一時間あればじゅうぶんだろ？」

「言っておきますが、僕は彼女には指一本触れませんからね」

「好きにしろよ」

「……わからないのは、忍先輩の心のなかです。仮に人格が〈春架〉の状態だとしても、婚約者が自分以外の男と狭い部屋に二人きりでいるなんて、ふつう許せることではない」

「そうだな。それに対して論理的な説明をつけるのは不可能だ。もしつけるとすれば、俺がかぎりなく快楽主義者だということに尽きるだろう」

「ヘドニストというわけですか」

「精神的には苦痛でも、ある側面で快楽が得られる場合がある。この手の快楽にはエスプレッソのような苦味が伴う。おまえみたいな子供にはまだわからんさ」

俺はそう言って、予約してあるオテル・ド・ブリュのルームナンバーを教えた。1201。十二階の角部屋だ。

「明日、学校では〈文化の集い〉があるが、部活の顧問を受け持っていない駿子は休みだ。俺は昨夜彼女に、たまには優雅に朝を迎えろとけしかけてホテルへ誘っておいた」

「それじゃ、僕が上がりこむわけには……」

「大丈夫さ。眠る前の彼女はもう〈春架〉になっている。おまえはまっすぐベッドへ向かい、彼女に話しかければいい。ただし、絶対に名前は呼ぶな。名前を呼ぶと、彼女は混乱する。それから、灯りはつけるな。彼女は灯りを嫌がるんだ」

「……本当にそれで忍先輩は後悔しないんですか？」

「なぜ新たな快楽を手にするのに後悔をする？」

カラスは深くため息をつき、かぶりを振った。

「それじゃ、今夜十時。期待してるぞ」

彼が出ていくと、部室のすぐ外にいたらしい道子が戻ってきた。

「久々の再会にしてはあっさりしてたわね。抱擁もなく」

「馬鹿か」俺は笑って道子を抱き寄せる。「そんなことより道子、おまえ、カラスをどう思う?」

「どうって……どういう意味?」

俺は道子のスカートをたくし上げて湿った下着に触れた。

「ずいぶん潤っているじゃないか。カラスを見て興奮したか?」

「ちが……う……そんなんじゃ……」

俺は彼女の頬にそっと顔を寄せて囁いた。

「頼みたいことがあるんだ。カラスを傷つけぬように事態を収拾させるために」

「……私にできることなの?」

「そうだ。カラスと寝てくれ」

「え……?」

「今夜カラスをオテル・ド・ブリュに呼んである。奴はそこに驟子が眠っていると思っているから、灯りを点けずに誘惑するんだ。男の恋愛感情などほとんど性欲でできている。うぶなカラスなら一度の情交で内なる欲望が満たされ、想いに蓋をすることができるだろう」

「それを私がするの?　いやよ、そんな……」

俺はさらに彼女の耳元に口を近づけてささめく。

「部屋にカメラを仕掛けてある。おまえがカラスにもみくちゃにされているところが見たくてね」

「……ばか……へんたい……」

「正解。カラスはああいう奴だからおまえに触れようとはせずに何か話しかけてくるだろうが、気にせず襲いかかるんだ」

「ねえ、忍。あなた前のこと、懲りてないの？」

道子が言っているのは夏のことだろう。あの悲劇の後で、俺は道子に自分の過ちを語ったのだ。

「懲りてるさ。だから誰も傷つけない計画に切り替えた」

「私はどうなるの？　私はあなたの何？」

「おまえは、俺の身体の一部。あるいは――水、かな。おまえのいない世界は考えられない」

その言葉に、道子は一瞬沈黙し、やがて小さく頷いた。

6　サランボーと呼ばれた娘

兄が死んだのは、蝶が消えた翌日のことだった。

その朝、メイドは洗濯物を抱えて屋上に上がり、そこで首を吊っている兄を発見した。警察が来て現場検証を行ない、自殺で間違いないことがわかるのにもそれほど時間はかからなかった。

俺にとっても兄の死は衝撃だったが、予想していなかったと言えば嘘になる。前の晩の静かな狂気に駆られた様子に、不吉な予感を抱いていたからだ。

兄の死に最もショックを受けていたのは、当然ながら父だった。

「アイツは私に結婚相手を紹介したいと言っていた。きっとその彼女との間にいざこざを抱えていたに違いない。クソッ……一体どこの女なんだ！」

がっくりと肩を落とした父は、ほんの一日で十年分は老け込んでしまったようだった。俺は迷った。兄の恋人の名を知っていたからだ。だが、それを告げることは、父の怒りの矛先を彼女に向けることになりそうで躊躇《ためら》われた。

その夜遅くのことだった。喉が渇いてキッチンへ向かおうとしたとき、兄の部屋から出てくる父に出くわした。彼は明らかに不機嫌な様子で、俺が話しかけても返事すらせずに廊下のゴミ箱に紙屑を投げつけるようにして捨てると、階段を降りていった。

兄の死の真相を恋人が知っていると思いこんだ父は、恋人の手がかりを求め兄の部屋を漁り、何か面白くないものでも見つけてしまったのかも知れない。俺は父が戻ってこないことを確認すると、そっと兄の部屋に入ってみた。虫籠がいくつか倒れているほか、美術書も乱雑に扱われた跡があった。父が冷静さを失っていることはわかった。

ふと、机の前に日記帳と思しきものが開きっ放しになっているのが目に留まった。開かれた頁は――破り取られていた。

俺は思い出した。父が廊下のゴミ箱に紙屑を投げ捨てていたことを。メイドが処分すると思っていたのだろう。すぐに廊下に戻り、ゴミ箱を漁って破り取られた一頁を拾いだした。そこにはこう書かれていた。

彼女が現れてからというもの、淫らな夢ばかり見ている。彼女は正気を失わせるサランボーなのだ。彼女の腿に触れ、欲望のすべてを吐き出したい。彼女は受け入れてくれるだろうか……。

それが十月の記述。以降はたいした記述もない。そもそも、日記帳とは名ばかりで、ほとんどが白紙であることもわかった。

だから、その記述こそが、どんなに卑猥な欲望であれ、兄の魂の吐露のように思われた。〈サランボー〉と言えば、フローベールの書いた小説のヒロインであり、たしかワイルドは『サロメ』を書く前に『サランボー』も参考にしていたと聞いたことがある。

だが、俺が彼女の名で思い出すのはむしろタヌーによる妖艶極まりない《サランボー》だった。聖布が剝がれ落ちてはだけた太腿は、挑発的な目と相俟《あいま》って極めてエロティックな印象を与える。

父がその記述を恥ずべきものと思ったであろうことは間違いなかった。父は高いモラルの持ち主だ。

ダイニングに戻ると、ふだんは酒も飲まぬ御仁が、珍しく自棄を起こしてウィスキーをロックで飲んでいた。勢いよくそれを飲みほし二杯目を注ぎ足そうとする。俺はそのグラスを取り上げた。

「父上、兄さんの恋人探しは俺に任せてください」

「おまえに？」

「女は隠し事が苦手な生き物です。いずれボロを出すでしょう」

父は俺の言葉を半ば疑い、半ば信じたようだった。よろよろと立ち上がると、自室へ引き下がっていった。

ふと、背後に視線を感じて振り返ると、そこに執事の村山が立っていた。どうやら、一部始終を部屋の隅から見ていたらしい。

彼は無言のまま強い眼差しで俺に何かを訴えかけていた。余計なことを画策するなと言いたかったのだろう。彼はいつでも屋敷の安泰を一番に考えている男だ。

俺は曖昧な笑みで村山の視線に応え、その場を去った。

その翌日のことだった。高校に、長らく不登校だった美少女が姿を現したのは。

彼女の名前は——伊能春架。

名前だけは以前からよく知っていたその少女を一目見た瞬間に、俺の運命も変わっていたのかも知れない。

7　快楽的観察

「この段階では、お父さんは稔兄さんの恋人が春架だとは気づいていなかったのね？」

「ああ」

「でも実際には二人は付き合っていた。だとすると、春架と稔兄さんは春架が不登校だった頃からの付き合いということ？」

「さあな。死人に口なし、だ。話の続きはまた今度にしよう。それより、そろそろ行ってシャワーでも浴びておけよ。お愉しみの時間だ」

道子の手にホテルの部屋の鍵を渡すと、じろりと睨まれた。

「まだ最後まで聞いてないわ」

「タイムアップだ。それに、おまえがちゃんと実行してくれる保証もない。任務を終えたらまた続きを聞かせてやる。うまくやれよ」

俺は道子に軽くキスをして部室を出た。

帰りがけに職員室を覗くと、驟子はまだ残業に励んでいるところだった。ほかの教師の姿はすでになかったから、俺は堂々となかに入っていった。

「今夜は何時頃帰れそうなんだ？」

「そうね、零時より前には終わると思うんだけど」彼女は学校にいるとき専用のはっきりとした口調で答える。「学期末の問題を作成しなくてはならないから。あら、今日はもう帰るの？　珍しい」

「まあね」

「明日は朗読会なんでしょ？」

「完璧さ。一通りリハーサルは済んでる。じゃ、また夜に行くよ」

「うん、ありがとう」

彼女のマンションの鍵は俺が預かっている。夜中に〈春架〉が勝手に歩き回らないための対策だ。だから、彼女が帰宅する頃を見計らってそれより少し早めにマンションへ向かう。だが、その奇妙な日課もあと数ヵ月で終わる。二人で暮らすことになるからだ。それまでに驟子の病気は治るだろうか？

自宅に戻ると、俺は部屋に鍵をかけてからパソコンを立ち上げた。

二十二時。画面はゆっくりと仄暗い空間を映し出した。最初のうちは何が映っているのか判然としなかったが、黒と灰色の粗い映像に目を凝らすうち、中央にベッドがあることがわかってきた。

俺がカメラを仕掛けたのはテレビのすぐ下だ。テレビは、ベッドのヘッドボードにもたれて見られるよう、足元に設置してある。

やがて、寝そべっている道子の足が見え始めた。カメラの位置から見えるのは足の裏と、時折もぞもぞと動いているダイナミックな太腿、そしてその交点に覗く下着。立っている女性を真下から覗いたら、ちょうどこんな感じに見えるのだろう。角度が変わると、ふだんとはまるで違ったふうに見える。太腿はいつもより太さが強調され、臀部はその生命力をいかんなく主張している。

二分後、その前に男の背中が立ちはだかる。

カラスは私服でやって来ていた。彼は彼女の隣に腰かけ、何事か言葉をかけようとした。だが、それはうまくいかなかった。突如道子の腕が伸びてカラスの首に巻きついたからだ。

「ちょっ……やめてください……」

彼はささやかな抵抗を示していた。だが、そうするうちに服を脱がされ、白い背中が現れた。抵抗もむなしく、カラスは道子の慣れた手つきの餌食となっていった。俺の愛撫してきた道子の身体とカラスが交わっている。その観察は、極上の幸福感をもたらした。

道子が俺の部屋に現れたのは、それから三十分後だった。彼女の髪はまだ微かに濡れており、洗いたてのシャンプーの香りがした。

「この部屋で見ていたのね？　興奮した？」

道子はそっぽを向いて尋ねた。拗《す》ねているようにも見えた。俺はその顎に手を当ててこちらへ向かせた。

「確かめてみればいい」

やがて道子の手が、その確認にかかった。いつも通りの遊び。

「あなたの部屋に来られるのも、今日が最後かしらね」

俺の部屋に彼女がやって来るのは、じつは数年ぶりのことだ。

「結婚してしまえば、さすがにこうはいかないだろうな」

「ねえ、それより話の続きを教えて。村山さんが亡くなるのは、稔兄さんの死から二ヵ月後よね？　稔兄さんの自殺の原因が春架にあったとしたら、なぜ彼女は華影家から距離を置こうとしなかったの？」

「まあ落ち着けよ。そこには、俺自身も関わってるんだ」

「あなたが？」

「そう。俺もまた春架に惚れた男の一人だったのさ」

8　悪魔の少女

その娘を廊下で一目見た瞬間、俺の全思考が停止した。

そこにいるのは、一見可憐な小娘だった。だが、その瞳の奥には見る者を引きずり込む不思議な輝きが見え隠れした。一瞬こちらを見たのに、次の瞬間何も視界に入らなかったかのようにふっと目を逸らす。

「あの子は――」

隣にいた道子が答える。

「あれは一年の伊能春架。あまり真面目に学校に来る子じゃないけど、頭はいいらしいわね」

「伊能、春架」

彼女が伊能春架。俺は最近、驟子から聞いたエピソードを思い出した。

――父が亡くなってから、私はすぐに家を出たの。でもその結果母は心に穴でも空いたものか、恋人を作り、再婚した。妹と母は今は伊能姓を名乗っているわ。

たしかに、見れば見るほど、春架と驟子の共通項を見出すことができた。

「手、出しちゃダメよ」

「口だけですするのは難しい」

「最低……」

俺は道子と別れると、すぐに春架のクラスを調べ、彼女がどの席に座ったのかを見極め、入っていって声をかけた。

「ちょっと来てもらえないか？　教えてほしいことがあるんだ」

不登校のせいでまだ学校に慣れていないからか、上級生からの思わぬ誘いに、何かそれなりの理由があると考えたようだ。彼女は黙って俺に手を引かれ、ついてきた。俺は彼女を朗読部の部室へ連れていった。

幸い、その時間は誰もいなかった。

「あの、何ですか？　……私、教室に戻らないと」

彼女は不安げに表情を曇らせた。

「君は校則に違反した恰好をしているね」

「どこがですか？　皆と同じ制服を着てますし、髪型だって……」

俺は静かに首を横に振った。

「その下だ。脱いでごらん。戻るのはその後だ」

「そんな……意味がわからないです」

「すぐにわかるさ。言われたとおりにしてごらん。俺の神殿に足を踏み入れた女は、そうする決まりなんだ」

嫌なら拒めばいい。それだけのことだ。

俺はじっと春架を見つめた。

やがて、彼女は俺の視線に動かされるように服を脱ぎ始めた。セーラー服を脱ぎ、スカートを下ろした。

「校内で下着をつけないのは著しく風紀を乱す」

俺はそのたわわな右の乳房を片手で持ち上げて観察する。薄桃色に染まった小粒の乳頭はとっておきの果実のようだった。

「最近窮屈で……すみません」

「ふふ、急に育ちすぎたわけか」

その裸体は、少女から大人へと移ろう独特の輝きを湛えていた。思った通りだった。彼女が衣類のなかに隠し持っていたのは、神が千年単位で一度や二度気まぐれに創る類の精巧なフォルムだった。中でも太腿から尻にかけてのラインは、見る者を狂わせる不思議な魔力を持っていた。

「今日のところは大目に見よう、服を着ていいよ」

状態を確認できれば満足だった。

「またおいで。今度は精密にチェックしなくてはな」と耳元で囁くと、彼女は戸惑いがちに小さく頷いた。

それから一週間後、目の前に置かれたタルトにナイフを差し込むように、ごく自然な流れで俺は春架と寝ることになった。

だが、ことに及んだ後、思いもしない質問をされることになった。

「忍さん。ちょっと前、駅の近くでお姉ちゃんとキスしてたでしょ?」

まさか見られていたとは思わなかった。

「とぼけてもダメですよ。私、あの日お姉ちゃんの恋人の顔が見たくて後を尾けてたんだもの」

「さあね。俺は大抵誰かとキスしているからな。忘れた」

春架は俺に顔を寄せて尋ねた。

「お姉ちゃんには、どんなことをしたんですか?」

それは彼女の精一杯の挑発だった。笑ってかわす方法もあったが、なぜかそうできなかった。その青臭い背伸びに応えるべく、俺は彼女の姉に初めてしてやったのと同じ手順を踏み、春架の身体を丹念に愛撫した。

果てると、さすがに気怠さが体内に残った。だが、春架のほうは嬉しそうにクスクスと笑った。微かに血が出たものの、俺はそれを生理だからだろうくらいに思っていた。だが、そうではなかった。

「忍さんは、私の最初の男よ」

春架は、「彼」とは言わず、「男」と言った。そこに彼女の隠された本性が見えた。春架の美に集っていた有象無象は、その神秘への畏怖からか手を触れられなかったのだろう。結果として、いかなるヴェールをも知の欲求に従って剝ぎ取ってきた俺が彼女に到達することになった。

だが、これは恋でもなく、愛でもない。春架への感情は紛れもなく痴情だった。ずぶずぶと自分の判断力を狂わせていく力が、春架にはあった。

十二月のあいだに俺は合計三十五回春架を抱き、二回驟子を抱いた。驟子とは水のように穏やかな交わりを心がけるのに対し、春架とのそれは激しく、いつもわずか数分で俺のほうが昇天した。まるで彼女に精を吸い取られているようだった。

そこで冬休みになると、俺は春架と距離を置くようにした。そして、その間に驟子との婚約に漕ぎつけ、その旨を父にも告げた。父は兄の一件以来かなり弱っており、むしろ俺の早すぎる婚約を喜んでいるようですらあった。これでいい。驟子のことを考えても、春架と付き合っているのはリスクが高すぎる。一時的な劣情で最愛の女との関係を危うくするほど馬鹿げたことはないだろう。俺はなるべく春架と顔を合わせず、電話にも出ないようにした。

だが、春架の攻撃は、日に日にエスカレートしていった。帰宅すると屋敷の前に彼女がいるのだ。もっとも、ここまでの流れは想定内ではあった。女は拒絶されれば追いかける生き物だからだ。

「ここに入れるわけにはいかない」

玄関先で俺はそう言って追い返そうとした。

「また今度、二人でゆっくりできる時間をとろう」

「嘘よ。お姉ちゃんとは毎日してるの？」

「早くお帰り」

「これは何だったの？」

彼女は左手を掲げて見せた。その薬指には、俺が戯れに贈った赤い薔薇の指輪が嵌められていた。

「俺の情熱の証だ。大事にしまっておけよ」

十二月初旬に行なわれた音楽発表会で春架の着ていた真紅のドレスにちなんで贈ったものだ。

俺は優しく春架の頭を撫で、気を鎮めようとした。ところが、春架は引き下がろうとしなかった。

「入れてくれないなら、学校の皆にでも話しちゃおうかな、私と忍さんの関係。そうすれば、お姉ちゃんに伝わるのも時間の問題だよねぇ？」

「そんなことをしたらもう俺に会えなくなるぞ」

表情一つ変えずに切り返したことで、驟子に知れても俺が気にしないと信じたようだった。急場はしのいだ。

「さあ、とにかくお帰り」

「嫌よ！　絶対に嫌！」

手を焼いていると、屋敷の中から村山が現れ、俺に屋敷へ引っ込むように言った。あとは自分が引き受ける、と。俺は彼の執事としての使命感に事態を委ねることにした。

だが、春架は再三の村山による説得にも拘わらず、来る日も来る日もやって来た。それは当初の俺に会うという目的から徐々に逸脱し、村山との戦争のための訪問にすら見えた。その都度《つど》、村山は丁寧に、あるいは慇懃《いんぎん》に彼女に対応した。

春架に対する感情は複雑だった。彼女がもっと秘密の歓びを愉しめる女なら、何の問題もなかった。俺はまだじゅうぶんに春架に魅力を感じていたのだから。だが、春架はすでに俺に強い執着心を抱いていた。いかなる美女であれ、一度執着心をもった女は、男にとって厄介な存在でしかない。

俺はすべてを村山に任せることにした。

だが、それが裏目に出た。

春架が村山にレイプされたと騒ぎたて、春架の継父が学校に乗り込んできたのだ。俺の父は事実確認をしてから対処する、と伝えたが、継父の怒りはそんなことでは収まらなかった。

父は帰って来るなり、村山を尋問した。父が校長という立場上、公正を期すためにした問いも、全身全霊を傾けて屋敷のために尽力していた村山にとっては自尊心を大きく傷つけられるものだったかも知れない。

ずっと口を真一文字に結んで沈黙を保っていた村山に、いよいよ父は業を煮やしたかに見えた。

その時——村山がおもむろに口を開いた。

「こうなることは、ずっと前からわかっていたことです。稔さまがお亡くなりになられた時から」

「それは稔を唆した女が彼女だと、そう言っているのか？」

父は村山にそう問いかけた。

「何も申しません。今や疑いをかけられた身。これ以上お屋敷にご迷惑をおかけするわけには参りません。ですから、死をもって潔白を証明します」

そこにいる誰も気がつかなかった。村山がナイフを隠し持っていることを。村山は止める間もなくナイフを首の動脈に刺した。

考え得る限り最悪の帰結だった。

それからしばらくして、レイプ騒動は収束した。春架が継父に、死者を追及しても仕方ないと進言したらしく、継父は勢いを削がれて大人しくなった。いっそこんな事実は闇に消え、公にならないほうが娘の将来のためだと踏んだのかも知れない。

「死ぬことはなかったのよ」

校内ですれ違うと、春架はそう言って小ばかにするように笑った。だが、その目の奥には恐怖と不安とが綯い交ぜになっていた。俺は「そうかもな」とだけ答えた。

父は村山の死後、その死を繰り返し悔いた。

「あの伊能春架という生徒はきっと悪魔だったのだ。彼女は村山の気を引こうとして失敗したからレイプされたなどと騒ぎたてたに違いない。そう言えば、毎日玄関先で揉めていたらしいじゃないか」

父は完全に勘違いしているようだったが、俺はあえてその勘違いを指摘しなかった。すると、今度は父はこう言った。

「村山は稔が死んだ時からわかっていたと言った。それはつまり、稔を狂わせたのも伊能春架だということだろう。どうすればいい？　私は憎しみで頭がどうかなりそうだ」

俺は父の背中をさすり、ただこう告げた。

「憎しみからは何も生まれません。兄貴にせよ、村山にせよ、自分で自分を殺したのです。彼らの死は彼ら自身のものに過ぎません」

そうだな、そうかもしれん――父は自分に言い聞かせるように何度もそう言った。

9　答え合わせ

「見事な舞台でしたよ」朗読会終了後、部室に現れたカラスはそう言った。

褒めているくせに態度が素っ気ないのは、本当は俺と顔を合わせたくなかったからだろう。幕が下りると同時にカラスは帰ろうとしていたが、俺は急いで彼のケータイを鳴らし、あとで部室に来るように言っておいたのだ。

「特に、道子先輩のサロメが圧巻でしたね。僕が知っている以前の道子先輩とはずいぶん違った。まるでサロメが乗り移ったようでしたね」

その反応に異論はなかった。朗読会は大成功だった。それもこれも、道子のサロメの効果が大きかった。彼女は必要以上に演劇的になることなく、飽くまで朗読としての抑えた調子を守りながら、見事に朗読のなかにサロメをよみがえらせたのだ。

「忍先輩にも驚きました。あんなふうに朗読できたなんて」

「馬鹿にしてるのか？」

俺はサロメに半ば引きずり出されるようにして、王エロドやヨカナーンのパートを演じた。エロドの時はサロメに引き寄せられながら、やがてサロメに恐怖心を抱く心が、ヨカナーンの箇所では予《あらかじ》め運命を知る者だからこその恐怖心が、しぜんに湧き起こってきた。

と同時に、エロドのパートでは春架に接しているときの自分自身がしぜんと思い出され、またヨカナーンの役になるときには村山の顔が浮かんできた。

何より、道子の背後にはつねに春架の影がちらついていた。昨夜道子に春架の話を聞かせた甲斐があったというものだ。

「そんなことより——昨夜はどうだった？」

「どうって……何も」

カラスは咄嗟に顔を背けた。まさか襲われて交わったなどと俺に言えるわけもない。

「何をしたのかは知らないが」わざと含みをもたせる。「お陰で騾子の症状は落ち着いたようだ。これで〈春架〉が現れることはなくなるだろう」

ここでカラスと相思相愛の存在がもう消滅するのだと信じ込ませる必要があった。

「カラス、知っているか？ 完全なる純愛なんてものが存在するとすれば、それは表面張力ぎりぎりのところで終わった恋を言うのさ」

カラスは笑った。が、目は笑っていなかった。

「忍先輩、必ず驟子先生を幸せにしてください」

「おまえに言われるまでもないさ」

「それもそうですね」

カラスは苦々しい表情のまま、黙礼をして部屋から出ていった。

しばらくして、道子がやって来た。

その顔は、どこか悟りきっているように見える。

「昨日のお話の答え合わせがしたいわ」

「どういうことだ？」

「あなたがしてくれた過去のお話に含まれた、不自然な点について」

「不自然な点など――」

「いいえ、あるはずよ。あなたのお兄さんの想い人のこと。そして、そのことでもっとも責めを負うべきは誰なのか。それをあなたは巧妙に隠して話したわね」

「何を言ってる、朗読会のせいで神経が昂《たかぶ》ってるんじゃないか？」

「あなたは伊能春架が稔兄さんの恋人だという私の思い込みを、あえて否定せずに話を進めたわ。でも、もし二人が恋人だったとしたら、おかしなことが一つ」

「何だ？」

「稔兄さんが奥手だから春架が処女だったのは不思議でないにせよ、いくら何でも女子高生を結婚相手として親に紹介したいとは絶対に言わないはずよ」

10　贖罪のレクイエム

昨年十一月の第三日曜日、俺は支度している兄よりも先に駅前の繁華街にあるカフェと薬局の間の路地に身を潜めた。十分程そうしていると、兄の交際相手が現れた。

彼女の名は、杉村驟子。

初めて兄が、我が校の古典教師と付き合っていると知ったときは、地味な者同士お似合いだというくらいに思っていた。

ところがあの日、彼女のガーターストッキングごしの太腿と眼鏡を外した素顔を見てしまったがために、兄の交際を放ってはおけなくなった。

学校の外で驟子を見るのは初めてのことだった。学校にいる時とは違う、眼鏡を外し、服装も艶やかな黒い千鳥のミニ・ワンピース。普段はひっつめている髪も下ろしている。

俺は驟子に近づいていった。背後から声をかけると、彼女は俺を見て驚いたようだった。私服姿の俺に、彼女が一生徒以上の感情を抱いたことを俺は敏感に察知した。

本当はこんなことをするべきではない、とはわかっていた。兄の恋人に手を出すなんて。倫理的な問題はともかく、やっと表の世界へ一歩を踏み出した兄貴に対してする仕打ちではない。

だが、若さとは何と身勝手なものだろう。兄が美術館で驟子とデートをすると知ったとき――その話をする時の兄の幸せそうな顔を見て、俺の中に驟子を自分のものにしたい欲求が急速に湧き上がってきたのだ。

そして――気がつくと俺は兄より先に支度を始め、この場所にたどり着いていた。

「忍君……どうしてあなたが……」

俺は人差し指を口に当て、「じつは……」とあたかも内緒話をするように手の形を作った。彼女はとっさに俺のほうへ顔を寄せた。

その瞬間を俺は見逃さず、驟子の顎に手を当ててこちらに顔を向かせ、考える隙を与えずにその唇を奪った。

「何てことをするの……」

すぐに俺を突きとばして彼女は言い、ふと右側を見て息を呑んだ。そこに誰がいるのかは明白だった。彼女はすぐに離れていく兄の背中を追いかけようとした。

「無駄ですよ。もう見られちゃったんだから」

そう。俺はすでに罪を犯してしまったのだ。取り返しのつかない罪を。兄の今の心境を考えると、胸が詰まって吐きそうだった。だが、自らの欲求のために兄の恋を踏みつけにした俺には共感も同情も高尚なガラクタにしか思えなかった。俺は車で眠る彼女をひと目見たときに、悪魔に魂を売り渡してしまったのだから。

驟子は俺の頬を叩こうと右手を振り上げた。俺はそれを止めて抱きしめた。

もちろん、この時の俺には帰宅後に待ち構えている事態が予想できたわけではない。未来は予測可能な部分もあるが、大事な部分は見えないようになっている。

翌日、俺から兄の死を聞かされた驟子は目を真っ赤にして泣いた。それは、俺には流すことの許されていない涙だった。俺は彼女を抱きしめた。抵抗を示すかと思ったが、むしろ彼女は俺にすがるようにしていた。自分で立つことができなかったのを、俺に助けられたかのように見えた。

「あなたの痛みは俺が受け止める。永遠にあなたの傍で。兄との交際は心に留めておいてください」

俺の言葉に、彼女は嗚咽を洩らすばかりだった。

その音は、贖罪のレクイエムとなった。

11　眠れ、はじまりのサロメ

「つまり――稔兄さんが好きだったのは、杉村先生だったのね。というか、あなたが横恋慕した」

「横恋慕なんて単語、今時誰も使わないぞ」

俺の戯言を無視して、道子はそっと目を瞑った。

「本当に、どこまでもサイテーな男ね」

道子は悲しげに笑った。

「そんなにしてまで杉村先生が欲しかったの？」

「ああ。その時は」

「今は？」

「わからんな。俺は彼女と結婚する。彼女は俺の妻になる。ただそれだけさ」

「可哀想な稔兄さん……」

俺の欲望が傷つけたのは兄ばかりではない。華影家のことをもれなく把握していた村山は、俺が兄の恋人を横取りし、その妹にまで手を出していた醜態を自分一人の胸にしまい込むために死を選んだのだから。

「死者は死者だよ。哀れなのはつねに生者さ」

「そうね。まったくその通りかも」

道子は微笑み、俺の身体にぎゅっと抱きついた。

「どうした？　するか？」

「いいえ。あなたの匂いを吸い込んでいるだけ。一生覚えていられるように」

「センチメンタルだな。まだ秋だぜ」

「でも、文化部では三年生が部活動に参加できるのは今日までと決まっているでしょ。明日から私、受験勉強に専念しなくっちゃ」

「そうか。もうそんな季節か」

俺には関係がない。進学する気がないのだから。

「私の大好きな忍。可哀想な忍。あなたに謝らなければならないわ」

「謝る？」

「昨日のことよ。私、昨日、ホテルへは行かなかったの」

俺は一瞬耳を疑った。馬鹿な。俺は確かに、二人が交わる姿をこの目で——。

「言われたとおりホテルの部屋に向かおうとしたの。でも、職員室の前でホテルの鍵を持っているところを杉村先生に見られて、洗いざらい喋ってしまったの」

なぜ——と聞くのは野暮なことだった。そもそも、職員室の前で鍵を見られたのは偶然だったのかどうか……。

道子の告白を聞き、驟子はこう言ったのだそうだ。

――鍵を置いてお家に帰りなさい。あとは私に任せて。このことは誰にも言わないように。

「そう。カラスが寝たのは私じゃないの。私はあなたに惚れすぎているのね。あなた以外の男性と寝るなんてできないのよ。そして、忍は全然気づかなかったでしょうけど、私ってとっても嫉妬深いの。ずっと苦しかったわ。ずっと、ずーっと。でも、最終的には忍は私を選ぶんじゃないかと思ってた」

現実が崩壊していく。己の足場さえもが音を立てて崩れていく気がした。

「最後にこんなことをした自分のこと、あんまり好きじゃないけど、こうせずにはいられなかったの」

道子は、俺の身体から離れた。

「ありがとう。でも、もう忍なしでやっていける。サヨナラ」

「待て、道子……」

彼女が部屋から出ていくのを、俺は止めることができなかった。十分後も、三十分後も、俺は部室にじっと佇んでいた。道子の出ていったドアをぼんやりと眺めながら。

俺は昨夜の映像を思い出した。カラスと絡まり、喘ぎ声をあげていた女の姿を。ベッドの足元の角度から見ると、太腿も尻も何もかも、知っている形状と違って見えた。だから――いつも抱いている女のそれを俺は区別できなかったのだ。

俺は自分の婚約者が男と交わる姿を嬉々として見ていたということになるのだ。

カラスは驟子とセックスをした。それも、道子の言うとおりなら、驟子は〈春架〉としてではなく、驟子としてことに及んだのだ。

――鍵を置いてお家に帰りなさい。あとは私に任せて。このことは誰にも言わないように。

生徒に指示を下すその口調は紛れもなく教師としての驟子のそれだからだ。道子に口止めをしたのは、婚約者である俺の目を欺《あざむ》き、カラスと交わるためだろう。

待てよ、と俺は思った。一年前、俺は兄の手から驟子を奪ったと思い込んでいた。だが、今回の一件を考えると、驟子という女の見方が徐々に変わってくる。俺は兄から驟子を奪ったのではなく、驟子によって奪わされただけなのではないか?

敗北――そう、俺はあらゆる意味で、あらゆる者に敗北したのだ。

ここはすでに失楽園ですらない。廃墟だ。

窓の外には、相変わらず白い空が広がっていた。その中を、一羽の黒い鴉が飛んでいった。

夜になった。空には細く弓形《ゆみなり》に曲がった月が、破れた黒のストッキングから覗く女の肌のように白く輝いていていた。

驟子の部屋で、俺の指は白い背中を探索していた。たった一日の間にも、さまざまな部分にまるで小石のようにリンパの固まっているところができる。その一つ一つに圧をかけてほぐしてゆく。

「昨夜は残業が長びいて大変だったろう？」

「ええ。でも仕事だもの。仕方ないわ」ガラスの容器を指でこすったような声が返ってくる。

仕事だもの、か。笑いが込み上げるのを禁じ得なかった。ここで加虐的にカラスとの秘めごとを責めたてることも可能ではあった。あるいは、彼女は俺がそうすることをこそ期待しているのかも知れない。

だが、いずれにせよ、それはあまりに陳腐でつまらない。黙っておこう。危険な女を手に入れたのかも知れないが、それはそれで楽しいではないか。

その太腿は、今宵も俺を誘惑している。いつかのように。

俺はその誘惑に乗せられ、今日もまた彼女の身体を貪《むさぼ》った。

やがて——果てた後で〈春架〉が現れた。

「ねえ、忍さん、もうわかったでしょ？　お姉ちゃんはとてもふしだらなの。どうしてあの時、私を選ばなかったの？」

「……もうお休み、春架」

俺は彼女の頭を撫でた。

〈春架〉は目を閉じる。しばらくして、寝息が聞こえてきた。

それから俺は、祈るようにそっと驟子の身体を撫でる。

おまえは俺を手に入れ、今度はカラスをも手に入れようともがいている。高い品性を持ちながら、亡き妹よりも欲深く、罪深い。

夜が更けるにつれ、気温が下がってきていた。白い肢体に毛布をかけて、俺は心のなかで唱えた。

はじまりのサロメよ。

窓から覗く月に白い肌を照り映えさせ、秋の夜に眠れ。

幕間のサロメ——その3——

村山さんの死は私にとってもショックの大きいものだった。何度か食事に訪れるたびに、私に対して優しく接してくれた。

ただし、彼はただのいい人というわけでもなかった。つねに屋敷のことを気にかけていたのだ。私への警戒も緩めていなかったのだと思う。

彼は気づいていただろう。私が稔と付き合っていたことを。すべての事象をあらかじめ悟っている、預言者めいたところのある男だった。

村山さんが自らの首をナイフで刺したと聞いたとき、そこにはよほどの強固な意思があったのだろうと私は思った。衝動に身を任せるタイプではないからだ。

やはり、彼が春架を襲ったなどというのは考えにくかった。

「ねえ、春架、あなた本当に……」

音楽室でピアノを弾いている春架に真意を尋ねようとすると、春架はキッとこちらを睨みつけた。手は相変わらず休めない。弾いているのは、チャイコフスキー『トロイカで』。

「もうお姉ちゃん、全然集中できないじゃない！　私が加害者だとでも言いたいの？　私は被害者でしょ？　あの男に襲われたとき、どんなに私が怖い想いをしたか、お姉ちゃんにはわからないんだわ」

また春架の声の周波数が高くなる。

「わかるわ……」

「嘘よ、お姉ちゃんは私を信じていないのよね。でも、だったら私が村山さんのことで嘘を言わなきゃならない理由を言ってちょうだいよ」

私は黙った。それを口にすれば、春架の感情が忍へ向いているのではないかと私が疑っているのを認めることになるからだ。

「そんなことより聞いてよ、お姉ちゃん、私の目下の悩みはあの男なのよ」

「あの男？」

「忠明さんよ。ママの旦那。あの人、こないだからひっきりなしに私に接近してくるの。本当にしつこいのよ。嫌われているのにまるで気づかないんだから」

でも、私はその相談に親身になれなかった。

村山さんの事件のあとでは仕方ない。オオカミ少年と同じだ。一度彼女の虚言癖を疑い出すと、この件についても嘘を信じ込ませようとしているような気がしてくる。

「お姉ちゃんはもうすぐ結婚できるんだからいいわよね。もう私たちの問題なんか他人事なんでしょ、どうせ」

彼女は拗ねるようにして言った。

「そ、そんなことないわ。私に何ができるか考えてみる」

そう言って音楽室を出たものの、私にできることがそうあるとも思えなかった。こんな身内の恥を忍に相談できるわけもない。

せっかく、村山さんの死以降、春架が華影邸と距離をとっているのだ。ここで春架の問題に忍を巻き込みたくはなかった。

私は母に電話をかけた。

「珍しいわね、あなたが私に電話をくれるなんて」

「電話をしたいと思う前にママがかけてくるだけよ」

本当にしょっちゅう電話をかけてくるのだ。それもどうでもいい用事で。そのことでこちらがどれほど時間を拘束されているかなんて、まるで考えないんだから。

私は単刀直入に最近の忠明さんと春架のことを尋ねた。

「あら、今頃気にかけてくれるなんてどういう風の吹き回しかしら。でもいいのよ。もう今はその問題は考えないようにしているのよ」

「考えないようにって……私は現状を知りたいだけなの」

仕方なく、春架から教えてもらったことを話した。

「これは春架の妄想？　それとも事実？」

「こないだ私の前でキスをしたのは、本当ね。でも、本当にさらっと、挨拶としてキスしただけなんだから騒ぎすぎよ。あの子も年頃だから気にしちゃったのね」

彼女はそう言って上機嫌を装ったわざとらしい笑い声を立てた。

私は結局それ以上追及しなかった。ただ自分にできることを悶々と考えているうちに日数が過ぎた。

そして、再び春架から電話がかかってきた。

「お姉ちゃん、もうダメ！　助けて、一人でお家に帰りたくない……」

「どうしたの？」

「いいからお願い！　学校終わったら家に来てほしいの。頼れるのはお姉ちゃんしかいないんだもの」

私はその日の授業を終えると、学校を早退し、伊能邸に向かった。あどけなさの残る、奔放なるサロメを助けるために。

黒い冬と
とこしえの
サロメ

1　浸食

二月になった。

草木を凍らせ、生き物たちに眠りを強いる冬がやってきた。

朗読部部室に備えられた小さな電気ストーブでは、息が白くなるのすら止めることはできない。

俺は膝に毛布をかけ、東側の壁面に飾られたギュスターヴ・モロー《まぼろし》の複製画を眺めていた。モローの描いたサロメを眺めて思い出す女の顔はさまざまだ。ほんの一年の間にも、俺は女の性の恐ろしさを垣間見てきた。

じっとしていると、甘美で忌まわしい記憶の数々に身を滅ぼされそうになる。朗読部部室は、今や部室として機能していない。

誰もが俺のもとから去ってしまった。モニター上を泳いでいた人魚さえももういないのだ。夏にPCが起動しなくなったため、今ではそれは机から下ろされている。

美しい女たちに彩られたこの神殿は廃墟と化したのだ。

かつて無邪気に俺を求めた神奈は、意のままにならぬ俺からカラスへと愛のベクトルを変え、夏の太陽に唆されるようにして罪の酒に青春を沈めた。

冷静という名の仮面を被りながら、その下に想いを忍ばせていた幼馴染の道子もまた、空の白さが際立つ秋にここを去った。俺の愛する女の、目を背けたくなるような真の姿を暴いて。

そして——ある意味では被害者でもあり、ある意味では加害者でもある、すぐ顔を赤らめる小理屈屋の美青年・カラスも十一月以来、ここを訪れていない。

俺とカラスとの間にあったかつての優美なる友情は、俺の愚かな夏の企みによって崩れ去り、秋の出来事で幕が下ろされた。カラスにとっては、訣別というより、静かな終止符だっただろう。彼は、自分は驟子のなかの〈春架〉に愛されていたと思い込んでおり、その〈春架〉が彼との逢瀬を境にこの世から消えたと信じている。

一夜の記憶をよすがにして、カラスは現在、図書館の住人となっている。俺への後ろめたさや、あるいは俺が〈春架〉の匣《はこ》である驟子とつながっているがために、俺の見えない世界で生きようとしているのだ。以前にも増して徹底して俺のいそうな場所を避けているらしく、彼の姿を校内でもほとんど見なくなった。

もっともカラスは己の行為が俺に残した傷など知らない。実際にはカラスが交わったのは〈春架〉ではなく、俺の愛する驟子なのだ。道子の仕掛けた悪意なきトラップによって俺の計略は崩れた。あれ以来、稀にカラスを見かけると、奇妙な疼《うず》きを感じるようになっていた。そのため、俺もまたカラスを避けていた。

しかし、己の心からは逃げることができない。いま俺の心は嫉妬と言われる醜悪なる感情に完膚なきまでに占拠されている。はじめのうちは、快楽という名の香水が、嫉妬の腐臭をほんのりと覆っていた。だが、やがて悪臭は強まり、ヘドニストだけが誇る馨《かぐわ》しさを踏みつけようとしていた。

今の俺は、がらんどうの廃墟のなかを、癒えることなき疼きに苦しみながら彷徨う亡霊だ。ほかの女を抱く気力すら、ここ数ヵ月はまるで湧いてこない。ただひたすらに、来月の婚礼を待つばかりだ。俺を愛している保証のない女との婚礼を。

結婚を決意した一年前、俺の心が灰色であったのは、平凡な愛に縛られ、狭い世界に安住する人生を選んだ己自身の将来への諦観だった。だが、いまはその時の淡い倦怠感すら懐かしく感じられる。俺は絶望の濃い闇に蝕《むしば》まれつつあるのだ。

窓の外に目をやる。大地は、雪に覆われて見えなくなっていた。中庭にある曾祖父の銅像にいたっては、天に向けて高く掲げた右腕の先まで真っ白に染められている。

大地とは対照的に、空は真っ暗だった。

「まだこの部室、使っていたんですね」

突然現れたのは——カラスだった。

「カラス……」

彼が自らの意思でこの部室を訪れることはもうないだろうと思っていたから、さすがに当惑を隠せなかったが、すぐに、「当たり前だ。卒業するまでは、ここは俺の神殿だ」と平静を装って返した。

早く立ち去れ、と内心では思いつつ、俺は彼がなかに入るのを拒まなかった。毛細血管に微細な毒虫が這いずり回るような感覚があった。まだ快楽が完全に影を潜めていないのが唯一の救いだ。

「道子先輩もいないのに?」

「関係ないさ。誰もいなくても、俺がいるかぎりここは俺の神殿だ」

この数カ月、ことあるごとに脳裏には驟子とカラスが身体を重ねるシーンが浮かんできて心が乱されていた。道子もあれ以来、俺を避けている。廊下で会えば挨拶こそするが、どうやら本気で俺なしの人生を歩むと決めたようだ。

「報告しておきたいことがあります」

「何だ?」

できるだけ早くカラスを帰したかった。腐臭が快楽の香水を完全に退けてしまう前に。

「〈春架〉のことです」

やはりそのことか。俺はため息を一つついた。すぐに帰すには複雑な案件であることが予想されたからだ。仕方なく、椅子を指し示した。

「まあ座れよ」

だが、カラスは座ろうとはせず、ドアの脇に立ったままで話し始めた。

「先日、騤子先生が図書館へやってきました。しかし、様子が違いました」

「おまえを誘ってきた、か？」

「ええ……。本当のことを言ってください。騤子先生の病気は本当に、快方に向かっているのでしょうか？　〈春架〉が現れる症状は、夜だけだと以前聞いていました。それに、あの日に僕と会ったことで症状は今後治まるだろう、とも……」

隠しおおせるつもりだった。何しろ来月まで待てば、俺は扇央高校を卒業し、彼女も教師を辞める。だが、〈春架〉はそんな俺の目論見をあざ笑うように存在を拡大させつつあった。

「今さらおまえに隠し立てをしても仕方ない。正直なところを話そう、包み隠さずに。騤子の病気は悪化している。教壇に立てなくなるのも時間の問題だろう。おまえも見たとおりさ。最近は日中でも時折〈春架〉に意識が乗っ取られることがあるようだ」

先週もまた音楽室からピアノの音が聞こえてきた。俺を自らの枷から解放しようとする奔放な音色に、嫌な予感がして音楽室に向かうと、ピアノを弾く手を止めて彼女は言ったのだ。

――やっぱり私を見つけてくれるのは忍さんだと思っていたわ。

忍さん。その言い方から、彼女が〈春架〉であることがすぐにわかった。

「やっぱり……。僕は後悔しています。あんな場所に行くべきではなかったんです」

十一月に俺の指示通りにホテルへ行き、驟子を抱くことになったのを後悔しているようだ。

「ふふ。挙げ句指一本触れないという自らの宣言にも反してしまったようだしな」

俺は加虐的な態度で自らの嫉妬に再び快楽の香水をつけ足した。サディズムは恐れの裏返し。

俺の荒《すさ》み始めた精神は、愛する女と交わった美青年ごと支配下に置くことで帳尻を合わせようとしているのだろう。

「それは……」

「言い逃れをするつもりか？　女に襲われて逃げきれないほど、おまえは華奢な男じゃないはずだ」

カラスの身体はほっそりして見えるが、肩から腕にかけてはしなやかな筋肉が備わっている。

「……誰に聞いたのです？　あの夜のことを」

「話をすり替えるなよ。おまえはあの夜、俺の婚約者と情交に耽った。〈春架〉の望みが叶ったのに病状が悪化したのは想定外だが、やはり原因はおまえにありそうだ」

「そんな、先輩が頼んだことなのに……」

「俺は預言者じゃない。間違うこともあるさ」

何がどう関わっているのかなど、俺にはわからない。確かなのは、驟子が自分の身体のコントロールを失いつつあるということだ。

一緒に食事をしている際、何も喋っていないのに突然「静かにしてよ！」と叫ぶことが増えた。

そういう時、彼女は微かに震えていた。話を聞くと、すぐ近くに春架が来ている気配がするというのだ。通常ありえないような事態が、騾子のなかではごくしぜんな現象として起きるようになっていた。

また、夕食を食べたことを忘れて、食事の支度を始めることもあった。俺が指摘すると、彼女は驚いた顔になって言うのだ。「忍さんっておかしなこと言うのね。今目覚めたばかりなのにどうして夕食をとったなんて言うの？　寝ぼけてるの？」

〈忍さん〉。伊能春架の呼び方だ。騾子の意識は、徐々に〈春架〉に浸食されつつあるのだ。死体が少しずつ腐敗し、腐葉土に溶けていくような、グロテスクで美しい曲線を描きながら。

「まあ、とにかく座れよ」

俺はもう一度椅子を指し示した。今度はカラスも拒絶しなかった。

そう、俺たちの間にはっきりさせるべき問題があるのは確かなのだから。

2　双頭の胴体

「どこかメンタルクリニックへ通わせる気はないんですか？」

カラスは改めてそう尋ねた。

「彼女が望んでいない」

「しかし、どう見ても彼女の状態は悪化しています。恐らくは、解離性障害の可能性が高まっているのではないかと」

「そんなことはわかっているさ。だが、どちらがいいのだろう？」

「どちら――とは？」

「つまり、驟子のなかから〈春架〉が消えてしまうほうがいいのか、それとも驟子が〈春架〉に乗っ取られてしまうほうがいいのか。〈春架〉はおまえを好いている。おまえにとってはこのまま〈春架〉が驟子を乗っ取ってくれたほうが嬉しいんじゃないのか？　そうなれば、彼女は俺ではなくおまえを選ぶだろうからな」

「ば、馬鹿なことを……」

カラスはそっぽを向いた。怒っているのか、恥ずかしいのか。恐らく両方のために頬が赤く染まっていた。

事情は複雑だった。カラスは十一月にホテルで交わった相手が〈春架〉だったと思っているが、あれは驟子だったと俺は確信している。

カラスは〈春架〉に好かれていると思い込んでいるが、実際には驟子に好かれているのであり、〈春架〉は最初にカラスをたぶらかしはしたものの、カラスに対してそれほど執着はしていないように思われるのだ。

現在、俺の感情は驟子のふしだらな本性によってかき乱されている。だから、ただ心穏やかに過ごせるという意味でなら、このまま〈春架〉が意識を乗っ取ってくれたほうが有り難い。だが、俺が生前春架に対して抱いていたのはただの痴情だ。〈春架〉に乗っ取られた驟子と結婚できるのかと言われれば簡単には答えは出ない。

永遠の苦悩を秘めた愛か、精神の苦痛なき痴情か、どちらのほうがいいのだろう？

「現実に白黒つけたい気持ちは僕も同じです。でも、それには白と黒の双頭の胴体に遡る必要があると思います」

「双頭の胴体だって？」

カラスは頷き、「過去です」と言った。「驟子先生があんなふうになったのには原因があるはず。それは、妹の伊能春架の死に関係があると思うんです」

「まあ、そうだろう」俺は珈琲を淹れに立ち上がる。「横野医師も原因は妹の死による一時的なショックだと言っていた」

「ショックを受けるような死に方だったんでしょうか？　僕は噂でしか聞いたことがないんですが、校舎裏の林のなかで発見されたのだとか」

「ああ。あの林はうちの親父の持ち物だから、早朝に死体を発見した管理人はまず親父に知らせた。自宅には俺もいたから、親父と俺で現場を確認し、警察へ通報したんだ」

目を瞑ると、あの凍てつく早朝の記憶がよみがえる。

「警察と医師による死体見分が行なわれた。状況から医師は林のなかを歩いた際に石に躓《つまず》いて巨木に衝突し、ショック死したのだろうと判断を下し、事件性は否定された。だが、彼女がなぜ夜中に一人で、灯りも持たずにそんなところにいたのかは今もってわからない」

春架の母親と騾子が到着するまでの間、俺は人々が死体から離れた時を見計らって春架をそっと抱きしめた。かつて自分が痴情を抱いた娘の死を悼みながら。冷たい身体が俺にもたれかかると、肌と衣類の間に隙間ができ、彼女の背中がどこまでも見えた。つるりと輝くそのラインは、死者であることを束の間忘れさせるほどに美しかった。

兄や村山の死のことで春架に複雑な感情を抱いていた父も、その美しい死体の前では恨みを忘れたと見え、華影家の敷地内にある墓地への埋葬を自ら提案したくらいだ。

珈琲をカラスの前に置いた。白い湯気が、ふわりと舞い上がる。

「伊能春架は一人で林へ向かったのでしょうか?」

カラスはそれに軽く口をつけ、すぐに口を離した。まだ熱かったようだ。

「まさか騾子が春架を殺したと言いたいのか?」

「そうは言っていませんが、騾子先生はその一件に何らかの形で関わっていたんじゃないかという気がするんです」

「ふむ」

俺は自分の珈琲を飲んだ。インスタントの薄っぺらな味が味覚を痺れさせる。

その時、カラスが突然思いもよらぬ提案をしてきた。

「死のショック以外に〈春架〉が誕生するきっかけがあったのかも知れません。それには春架が死ぬ前の行動が少なからず関わっている気がするんです。伊能春架の実家に調査に行きませんか？」

「俺とおまえで、か？」

カラスは黒い瞳をまっすぐ俺に向けて頷いた。

「僕自身のしょうじきな気持ちを言えば、これ以上忍先輩と一緒にいるのは嫌ですし、はっきり言ってあまり信頼もしていません」

「悲しいことを言うな」

「騙された記憶は簡単には消えませんよ」

俺は降参のポーズを取ってみせた。愛する女を奪われた記憶も消えないぞ、と言いそうになり、自制した。カラスは再び感情を抑えて続けた。

「でも、この問題に関しては、少なくとも僕と忍先輩は同じ船に乗っている。そう思いませんか？」

「ふふ。おかしな話だな。望むベクトルが真逆のはずのおまえと俺が手を組むのか」

「早めに事実を確かめるためにも、いっしょに動くのが効率的です。嫌ですけどね」

カラスの言うとおりだった。定まらぬ現実の前で混乱し続けるよりは、どちらかはっきりさせてしまったほうがいい。

俺はほとんど減っていない珈琲のカップをソーサーに戻すと、立ち上がった。

「では今から行くぞ」

「え……今からですか？　午後の授業は？」

「好きにしろよ。俺は今から動く」

カラスは一つため息をついてから、行きますよ、と答えた。

3　エロディアスの背中

三十分後、俺とカラスは揃って伊能家の前にいた。

閑静な住宅街に佇むそのモダンな建物は、それほど大きくはないが、家族三人が住むにはほどよいサイズと言えるだろう。二人になった今では持て余しているかも知れない。

俺は先月に一度、婚礼の日取りの相談のために母親の栞と顔を合わせていた。春架の葬儀以来だった。彼女はまるで憑き物が落ちたように穏やかで、中年女性特有の艶っぽさが以前より増していた。

インターホンを鳴らすと、栞は玄関から顔を出した。

「お義母様、突然すみません」

「あら、忍さん」

彼女の顔が輝いた。騾子にそのまま二十年分の年月を刻ませたような、気品と色気を湛えた女だ。腕を組み、ドアに寄りかかってこちらに微笑みかける。

「嬉しいわ、ちょうどお茶にしようと思っていたところなの」

「じつは今日は一人ではないんです」

俺はとなりのカラスを紹介した。

「あら」栞はわざとらしく両手で口を覆う。「類は友を呼ぶのね。美少年二人とティータイムを過ごせるなんて素敵」

彼女はそう言って俺の腕にまとわりついた。彼女の豊満な胸の柔らかさが腕に伝わってくる。

「よろしいんですか？　つまり……」

彼女の夫がいたら厄介だ、と目の動きで匂わせた。春架の継父の伊能忠明という男には何度か会っているが、極めて陰気でいつも神経質そうな雰囲気を漂わせたタイプだ。変な嫉妬心でも起こされると面倒くさい。

「構わないわ。あの人、今日は不在なの」

忠明の職業は、服飾デザイナーだと聞いている。彼は春架もいずれは自分のブランドの専属モデルに、と考えていたらしい。

「ついてきてちょうだい」

伊能邸にはいたるところにマネキンが置かれてあり、それぞれに奇抜な衣装が着せられている。透けた生地でつくられたワンピース、脇腹の辺りまでスリットの入ったチャイナドレス。いずれも伊能忠明のデザインしたものなのだろう。

そして——ああ、ここにも忠明の作品があったか。案内の際、栞は先頭を行き、俺たちは彼女の背を見ながら歩くことになった。表向きは淑《しと》やかに見えた栞のドレスは、背中から臀部の割れ目のあたりまでがほぼ全開になっているではないか。

哀れにもカラスは顔を真っ赤にして俯きながら歩いている。俺は栞の背中を観察した。四十代にも拘わらず、栞の肌は張りがあり、美しかった。背中は背骨を支える筋群の集合場所だ。背中を見れば、全身のバランスや贅肉のつき具合もだいたい想像がつく。その意味で、栞のそれは理想的と言えた。

「見過ぎですよ」小声でカラスが言う。

「見るためにあるんだ」

そんな言い合いをしていると、栞が突き当たりのドアの前でいったん立ち止まった。「こっちよ」彼女はその観音開きのドアを開いた。そこは三面採光の開放感あふれる応接間だった。

長椅子にカラスと並んで腰かけていると、間もなく栞が珈琲を運んできた。

「それで今日はどういったお話でいらしたの？」

「いえ。じつは本日伺ったのは、昨年亡くなった春架さんのことで」

神妙にそう切り出すと、途端に栞の顔に警戒という柵が下ろされ、無表情になった。

「……思い出したくない話だわ」

「心中お察しします。ただ一点、なぜ妙齢の娘さんがそんな場所に夜中に一人で向かったのか、ということが気になりまして」

「それを忍さんに話さなくてはならない理由が知りたいわね」

「あの一件はいまだに驟子さんの心の傷になっているようです。単に妹さんの死にショックを受けているというだけではない何かがそこにはあるように思うんです。婚約者には彼女の心の棘を抜く義務があると思いませんか？」

「その棘が、春架があの晩散歩に出た理由と関係していると？」

栞は俺の目をじっと見つめ、やがて観念したように目を瞑ると、いいわ、と言って口火を切った。

「何て事のない話よ。彼女は夜の散歩が好きで、私も黙認していた。今となってはそのことが悔やまれるわね」

すると、それまで黙っていたカラスが口を開いた。

「不思議ですね。夜道の散歩は理解できますが、ライトも持たずに、灯り一つない林のなかを歩くというのは。まさか春架さんは夜行性の動物みたいに視覚なり聴覚なりが発達していたのでしょうか？」

いつも微笑を絶やさない彼女の顔から笑みが消え、温度の低い視線がカラスに向けられた。カラスの問いに幾分含まれていた皮肉を彼女は見逃さなかったようだ。恐らく、真実を探求しようとする本能から、カラスは相手の神経を刺激する方策をとったのだろう。

琹は自らの怒りを鎮めるように珈琲を啜り、背もたれに寄りかかった。俺は椅子と彼女の白い背中が触れ合う様子を頭のなかに思い描いた。

「ごめんなさい。ええ、そのとおりかも知れないわね。あの子は普通じゃなかったから」

「普通じゃない——とは？」

すると、彼女は俺たちのほうを見て、うっすらと笑ったのだった。

「あの子は、とても恐ろしい子だったわ」

4　エロドの隠匿

「春架は死後、扇央高校でサロメと呼ばれていると聞いたわ。けれど、本当の意味であの子の恐ろしさを知る人はいないわね。母親である私以外は」

「あなたは彼女の何をそんなにも恐れているんですか？」

「彼女が正真正銘のサロメだということよ。ワイルドの『サロメ』はお読みになったことがある？」

「もちろん。秋には朗読会を行なったくらいです」

「それなら話は早いわね。サロメはエロディアスの娘。そして、エロディアスはもともと、夫エロドの兄と結婚していたわ。ところが弟のエロドが兄を殺してエロディアスを我がものとしたの。それなのにエロドは――」

「サロメに心を奪われた」

「ええ、そう。もっとも、エロディアスはそもそもエロドに異性としての関心がさほどないので、むしろサロメをいい気味だと思っている。だからこそあのラストにつながるわけ」

「つまり」カラスが口を挟む。「あなたはご自身がエロディアスだと？」

「夫の魂を娘に奪われたという一点においてはね。私の夫、忠明は先夫の親友だったわ。それで先夫の葬儀の後から頻繁に私を訪ねてくるようになって。私も先夫の遺産だけでは暮らしていけなかったし、働くべきか悩んでいる時期だった。そういうこともあってプロポーズを受けたというのが正直なところなの。けれど、この結婚は失敗だったわ。娘が美しくなるってことの意味を、私はまったく考えていなかったの」

「というと？」と俺は惚《とぼ》けて尋ねた。

「意地悪ね。ここまで言えばおわかりになるはずよ。男の人はいつでも若い女性に魅《ひ》かれるもの。けれど、まさか再婚相手が自分の娘に心を奪われるなんて想像できるかしら？」

「男なら、たぶん誰でも想像はできます。女性には想像できないのでしょうけれど」

男という獣のいるところでは、どんなことだって起こり得る。

「すみません、いま忠明さんが春架さんに魅かれていたと仰いましたが」カラスが言葉を挟んだ。

「そう断定されるのには何か根拠がおありなんでしょうか？」カラスは冷静極まりない態度で栞に接していた。俺が純粋な話への興味から質問を繰り出すのに対し、カラスは冷静極まりない態度で栞に接していた。俺たち二人は案外いい組み合わせなのかも知れない。

栞はカラスの質問が気に入らない様子だったが、観念したように話し始めた。

「夜、帰って来ると、あの人はきまって新作のドレスの試着を春架にさせたわ。結婚前にはよく私に頼んでいたくせに、春架をひと目見てからは彼女にばかり。しばしば彼の部屋に二人っきりで籠っていたわ。そんなこともあって、家にいるときの彼らは、少しずつスキンシップが増えていったの。仲がよいのは素敵なこと。でも二人は本当の親子ではない。それなのに、本当の親子以上あるいは——」

「恋人同士のように？」

「ええ」認めたくないといったふうに顔をしかめながら栞は話した。「彼はよく春架の腰のあたりを抱いていて、春架は彼の肩に頭をもたせかけていた。それを見ていた時の私の気持ちがわかるかしら？」

「恐らくあなたはにこやかに二人の仲のよさを讃えたんでしょうね」

俺にはそんな栞の様子が手にとるように想像できた。

「その通りよ。娘相手に嫉妬心をむき出しにするのも大人気ないじゃない？」

「なるほど」俺はここで質問の矛先を変えた。「ご主人の、春架さんへの関心がピークに達したのはいつ頃ですか？」

「春架が村山様に乱暴をされたと訴えた頃からね。それまで抑えていたものが溢れかえったように、夫は激しい怒りを見せ、私のいる目の前で春架を抱きしめたの。そして――思い余ったのか、接吻したのよ」

「あなたの目の前で？」

「ええ。ああもうこの人にとって私は女ではないのだなとわかったわ。その時のことを考えると、今も頭が痛くなるの。これから長い年月をかけて忘れていくしかないわね」

栞は悲しげに笑った。彼女の諦観は共感できる一方で、今の俺自身はまだそこまでの悟りの境地には達していないなとも感じた。

カラスが会話の間を縫うように、ゆっくりした口調で尋ねた。

「それで――忠明さんは、春架さんの散歩のことで苦言を呈したことはないのでしょうか？」

「どういう意味かしら？」

「愛する女性が夜一人で散歩するのに、黙っていたとは考えにくかったものですから。それに、村山さんの一件で、春架さん自身はレイプされたと主張していたわけですし――」

「それは……」

なぜか栞は言いよどんだ。カラスの指摘はもっともなものだ。話を聞くに、忠明という男ならば春架の一人散歩など許しそうにない。

「もう一つあります。春架さんが亡くなられたとき、ライトの類を持っていなかったという点についてですが、いくら春架さんのご意思とはいえ、安全のためにもライトを携帯するように言うべきだったと思います。その点はどう思われますか？」

カラスは着実に栞を追い詰めていた。だが、言い方が手ぬるい。

「カラス、何を言ってるんだ。申し訳ありません。コイツは生まれつき失礼な奴なんです」

カラスはムッとした顔で俺を見た。俺はその視線をやり過ごし、栞を見つめた。

「お義母様、聞き方を変えましょう。なぜ忠明さんがついていながら、死に至るような事故が起きたのですか？」

思わぬ直球に、栞の表情は凍りついた。

だが、やがてエロディアスは、エロドを庇うことを放棄した。

5　幽霊

帰り道、俺たちはいつもより早歩きだった。どこへ向かうあてがあるわけでもないのに、気持ちが落ち着かなかった。

二人とも無言だった。恐らく、カラスもまた俺と同じように栞の思いがけぬ告白に思いを馳せていたのに違いない。

――春架に散歩の習慣があったというのは嘘。あの夜だけよ、春架が散歩に出かけたのは。そして、ご指摘のとおり一人ではなく、忠明が一緒だったわ。

その晩、栞は自室にいたようだ。すると、二人が出ていく足音が聞こえてきた。ところが、十五分ほどして今度は忠明が帰ってきたのが廊下を歩く足音でわかった。忘れ物でもしたのかと思っていたが、その後忠明は外出しなかった。そうこうするうちに零時を過ぎ、春架が家にいないことを知った栞は、すでに自分の部屋のベッドで眠っていた忠明を起こした。

――あなた、さっき春架と一緒に出かけたんじゃないの？

――いや、俺はちょっと自販機へジュースを買いに行っただけさ。

栞はそれに対して疑いの言葉は挟まなかった。明け方、警察から連絡があり、春架と思われる死体が校舎裏の林のなかで発見されたことを知らされた。

カラスはそこで踏み込んでもう一つ尋ねた。

――その日、驟子さんが春架さんと接触する機会はありませんでしたか？

これこそが、俺たちが最も聞き出したい部分だった。驟子が罪悪感を抱くきっかけがあるとしたら、春架が死ぬ間際に二人の接点があるはずだ。

琹は昔を懐かしむような遠い眼差しで答えた。

——優しい子だもの。あの日も春架の様子を見に、夕方くらいに来てくれていたわね。すぐに帰ったみたいだったけれど。

俺とカラスは、その瞬間に互いに顔を見合わせた。

「やはり春架の死の当日に鍵がありそうですね。驟子先生はその日の夕方、春架を訪ねた。いったいそこで二人は何を話したのか」

「案外、姉妹で口喧嘩でもしたのかも知れないな」と俺は言った。「死の直前に口論したことが、生き残ったもう一方の罪悪感に変わる、というのはありそうな話だ」

「それだけのことで別人格まで創り出すでしょうか？」

「罪悪感には個人差がある。人を殺したって罪悪感を抱かない奴もいっぱいいるだろうからな」

カラスは押し黙った。俺もまたそれ以上は何も言わなかった。

角を曲がると、白い不愛想な建物が見えてきた。カラスの暮らす学生寮だ。

「いずれにせよ、原因を究明して早急に手を打たなければ」

「これ以上どうやって調べろっていうんだ？」

「直接聞くしかありません」

「驟子にか？」

「ええ。春架が死んだ日の夕方にどんなことを二人が話したのか、それがわかれば、次に〈春架〉が現れた時に彼女を説得する材料になるかも知れません。とにかく急がないと。現在もなお、〈春架〉の影響が思いがけないところに波及しているようですからね」

カラスが言ったのは、帰り際に栞がふと思い出して付け加えたことだ。

——最近、じつは夫が妙なことを言うの。春架が自分を殺そうとしているって。こないだなんか、春架が現れたとか、春架が電話をかけてきた、とか。もともと幽霊なんか信じないような人だから、ちょっと心配はしているの。

カラスは新雪を踏みしめながら、再び降ってきた粉雪を見上げた。その瞳はどこまでも澄んでいて、吸い込まれそうになる。

「驟子先生のなかの〈春架〉が忠明さんの近くをうろつき始めているとしたら、理由はやはり、死ぬ前に春架が驟子先生と話した内容と関係があるはずなんです」

「だろうな。ならば驟子に直接問いただすまでもないんじゃないか？」

「どういう意味ですか？」

「春架が死んだ日、驟子は春架から忠明のことで相談を受けていたのだろう。直後に春架が亡くなったことで、驟子は警察の見解を信じずに、忠明による殺害の線を疑いはじめる。だが、同時に、相談を受けていながら事態を防げなかった自分自身を責めるようになってしまったのさ」

「忠明による殺害を阻止できなかった自責の念が、〈春架〉を生み出した——ということですか」

まだ〈春架〉に心を奪われているのか、カラスは遠い目になる。自分が先日交わったのが驟子自身だとはつゆほども思っていないのだろう。

「そう考えると、〈春架〉が消えずに、むしろ最近になって存在を拡張してきている理由がわかる気がしないか?」

「まさか、〈春架〉が創られたのは、驟子先生の無意識が妹の復讐をしようとしたから?」

「可能性はある」

「……止められませんか? よくないことが起こる気がするんです」

「〈春架〉を止めるのはおまえの役目じゃないのか? 彼女はおまえに惚れているんだから」

俺がからかうように言うと、カラスはムッとした顔つきになる。だが、怒りを抑えるようにして彼は静かに頭を下げた。

「お願いです、驟子先生から目を離さないでください」

「もっといい方法がある。おまえが彼女を連れて愛の逃避行に出発するのさ」

「どこに連れ出そうと、〈春架〉の復讐心は消えませんよ」

「消えるくらいに激しく愛してやったらどうだ?」

俺がそう言った瞬間、カラスは俺の胸倉をつかんだ。今にも殴りかかりそうだった。俺はフッと微笑んだ。

「殴ってもいいぞ。だが、逃避行に出たほうがすっきりはするかもな」

「……挑発には乗りませんよ」

カラスは手を離し、俺から距離をとって歩き出した。白い道がどこまでも続き、靴のなかは感覚がなくなるほど冷たくなってきた。

寮の前に来た。カラスはその不愛想なコンクリートの建物の門を潜り、一度だけ振り返った。

「婚約者として、責任ある行動をとってください。いま彼女を止められるのは忍先輩、あなただけなんですから」

カラスはそう言い残すと、建物のなかへと消えた。

俺は彼の言葉を反芻しながら学校へ戻った。

6 背徳の記号

職員室を覗くと、騾子はまだ残業をしていた。すでに他の教師は帰ってしまったようで、彼女一人しかいなかった。

「まだ仕事か。今日は何時ごろになりそうだ？」

「あら、忍さん、まだ帰ってなかったの？」

彼女は作業を一度中断して顔を上げた。〈忍さん〉と呼ばれたことで、俺は次に言うべき言葉を失い、ただ彼女の顔を凝視していた。

「忍さんがそんなに私のこと気にしてくれるなんて、とっても嬉しいわ」

蠱惑的な視線を向けてにっこりと微笑む。

「……今日、俺がどこへ行っていたと思う？」

俺は機転をきかせた。〈春架〉ならばちょうどいい。忠明のことを問いかけてみようではないか。

「そんなナゾナゾいやよ。教えて」

「おまえの継父のところさ」

動揺するかと思ったが、〈春架〉は戸惑わなかった。

それから何もかもを見透かしたような顔つきになる。

「なるほどぉ。忍さん、さてはやきもちを焼いているのね？」

「やきもち？」

「私とあの人の関係を怪しんでるんでしょ？」

彼女はそう言いながら俺のもとへやって来ると、俺の胸に指をそっと這わせた。

「怪しまれるようなことでもしたのか？」

「さあどうかしら」

〈春架〉は背を向け、再び俺から遠ざかった。

「忠明さんはおまえの死を今も悲しんでいるようだ」

「私は生きてるわよ、ほら、このとおり」

〈春架〉はくるっと回って見せる。

「そう、おまえは生きている。だが、忠明さんはそのことを知らないのさ」

「あらそう。でも不思議ね、自分でしたことを悲しむなんて」

「……おまえを殺したのは忠明さんなのか？」

「そんなのもうどうでもいいわ。私はこうして忍さんと話しているんだし、今するべき話題じゃないわ」

〈春架〉は機嫌がころころと変わる。一瞬前まで上機嫌だったかと思うと急に怒ったようになり、かと思うと再び甘えるように腕をからめてくる。

「何を企んでいる？」

「つまらない言い方しないでよ」

〈春架〉は拗ねたように頬を膨らませる。

「あぁあ、忍さんって結構生真面目なんだなぁ」

「カラスのほうが弄ぶには楽しいかもしれんな」

「ああ、あのかわいい子ね。ウフフ、お姉ちゃんのほうがあの子のこと気に入っているみたいだから、妹の私は潔く譲るわ」

秘密を打ち明けるように言って、俺の顔を覗き込む。

「ショック？　お姉ちゃんがカラスに取られちゃうよぉ？」

俺はその唇を、自分の唇で塞ぐ。

〈春架〉は目を閉じ、それを味わうように唇を泳がせる。驟子とはまったく違うやり方。思わず唇を離した。

「やっと私にキスしてくれたわね、忍さん。どう？　お姉ちゃんから私に乗り換える気になった？」

「今のはお駄賃だ。さあ、本当のことを言えよ。何を考えてる？　伊能忠明に何をする気だ？」

やれやれといった顔になって〈春架〉は俺の身体を突き飛ばすと、乾いた笑いを浮かべた。

「いいことを教えてあげるわ。忠明さんはいずれ自分のしでかしたことの大きさを知ることになる。でも、それだけよ。私は何も企んだりしないわ」

よどみない意識。完全に〈春架〉は驟子をコントロールし始めていた。

「驟子をどこへやる気だ」

「どこへも行かないわ。お姉ちゃんはここにいる。でも今は小さな子供に変えて草原に置き去りにしてきたの」

「驟子」

「私の顔を見てお姉ちゃんの名前を呼ばないで」

俺が名前を呼ぶことで、〈春架〉のなかに混乱が生じるようだった。

「驟子、こっちへおいで」

「やめてったら！」

〈春架〉は頭を押さえる。俺は彼女を優しく抱きしめ、もう一度キスをした。すると、〈春架〉の目に涙が溜まり始めた。

「ずっとこうしてほしかったの、ずっと」

俺は何を言うべきか迷っていた。そこにはあの頃の春架がいた。彼女を満足させることができるのは、カラスではなく、俺なのだ。反対に、驟子が真に求めているのはカラス。現実はいつもねじれている。

俺は〈春架〉に消えてほしいのだろうか？

それとも――。

学年主任の机の上に彼女を押し倒し、シャツのボタンを一つ一つ外していく。やがてことが進んでいくと、彼女は興奮し始め、床に四つん這いになった。

俺は彼女の長い髪をそっとまとめる。肩胛骨のあたりがくっきり浮かび上がる彼女の白い背中に唇を這わせると、「そこ、気持ちいい、もっと吸って」と求めた。肩から背中にかけてのラインを強く吸ってやると、彼女は歓喜で身をよじらせた。それ自体が生き物のように筋肉が動き、形を変える。

背中は奇妙な記号だ。物事の裏側であり、この世でもっとも美しい「裏」なのだ。真実から目を背け、愛からも目を背けている。

背中は背徳の記号であり、女のなかに相反する性質が共存している可能性を匂わせる。貞淑な悪女があり、欲深い聖女がいる。かつて画家のアングルは女の背中をこよなく愛し、それを最も美しく見せる構図を考えて《グランド・オダリスク》を描いたと言われる。

背中を向けているとき、女は女以上の何かになる。光の性質のような二重性を帯びるのだ。どこまでも神々しい一方で、無機質なオブジェのようでもあり、またあらゆるものを拒絶しながら誘惑する悪魔的な代物にも思える。

俺は長らく、夜の営みにおいても〈春架〉が現れたときには唇にキスをしないように気をつけてきた。感情が移るのを恐れたからだ。

だが今日、そのタブーを犯した。たとえ現実には騾子の肉体であるにせよ、それもまた背徳には違いなかった。

背中が揺れ、俺を誘う。俺はその腰部を両手でしっかりと押さえつけて突いた。

窓の外では、真っ暗な夜空に白い粉雪が舞い始めていた。

7 サロメの復讐

「驟子」

呼びかけた俺の声は思いがけず瀟洒な空間に響いた。俺たちは全身鏡の前に並んで立ち、鏡のなかの互いを見つめている。

「なに？」

雪のように白く化粧が施された驟子は、神々しいまでの美しさを誇っていた。

俺たちは、来月開く披露宴の衣装合わせのために、会場である聖庵閣《せいあんかく》を訪れていた。先ほどそれぞれの試着室で着替えを済ませ、一階奥にある衣装室に通されたのだ。

「驟子だな？」

ウェディングドレス姿の驟子に、俺は念を押すようにもう一度尋ねた。

「おかしな人ね」

静かに、掠れた声で驟子はそう言うと俺の腕を軽く摑んだ。背中が大きく開いたそのドレスは、彼女の背骨の美しさを最大限に際立たせていた。ただ一点、数日前に俺がつけたキスの痕がまだ残っていたが、その痕が清楚な衣装に微かなエロティシズムを付け加えてもいる。

波を連れて歩く海の妖精のごとくドレープが広がり、彼女の乳白色の素肌とのコントラストによって今すぐにでもその海に溺れたくなるほどに艶やかに見える。

見惚れる俺に、驟子は上機嫌で微笑を浮かべてみせた。

「わざわざあの人たちに前もって見せることなんかないのに」

驟子が耳元で囁くのを、俺はそっと窘《たしな》めた。入口に佇んでいる父に聴こえてほしくなかったからだ。

驟子は試着に乗り気ではないようだった。幸い、今日は〈春架〉が大人しくしていた。昨夜、〈春架〉の状態のときに連続的に身体を重ねたのが功を奏したようだ。

「私、忠明さんが好きじゃないの」

「だろうね。俺もさ。ほんの形式的な挨拶をするだけだ」

ドアの横にある壁際の椅子に腰かけた父は、今の会話が聴こえたものか一度ちらっとこちらを見て、すべての事情を察してでもいるかのようにわずかに頷いた。

父はこのところ急激に老け込み、穏やかになった。以前はもっと感情的で気難しい雰囲気を漂わせていた父が、今ではすっかり温和になっている。

やがて、ドアが開き、栞が現れた。父が立ち上がって彼女に頭を下げると、彼女もそれに応えて会釈した。

栞は一瞬俺を見て意味ありげに微笑んでから、全員に向けて社交用の笑顔を作った。

「まあ、お二人ともよく似合っているわね」

「忠明さんはご一緒じゃないんですか？」と俺は尋ねた。

「もうすぐ来るはずよ。それにしても驟子、見違えたわね。昔の私を見ているようだわ」

「……そういうの、いいから」

驟子は不愛想にそう言った。母親が過去の自分と重ねたことが気に入らなかったようだ。

気まずい空気になる気配を察し、二人の間に割って入ろうとしていると、再びドアが開いた。

「遅くなりました」

現れたのは伊能忠明だった。横に流してジェルで固めた髪、タートルネックのぴったりとしたグレイのセーターに黒のコーデュロイのジャケット、ワインレッドのパンツ。シンプルでありながらハイセンスな色彩感覚が光る、服飾デザイナーらしい恰好だった。

伊能忠明は驟子を見て、大きく目を見開いた。この男が好色な人間であるのは間違いない。彼は眼鏡を片手で持ち上げ、わざとらしく視線を逸らして俺に会釈をした。まるで、そうすることで今しがたの自分の視線を帳消しにできるとでも思っているみたいだ。

俺はニヤッと笑った。おまえの正体はわかっているぞ。無言のうちにそう語りかける。俺の笑みに、忠明は悪意を感じ取ったものか青ざめ、ポケットから取り出したハンカチで額の汗をぬぐった。

栞はうっすらと目に涙を溜め、バッグからハンカチを取り出してそれを押さえた。

「春架にもこんなウェディングドレスを着てほしかったわ。ねえ？　忠明さん」

「あ……ああ……」

忠明は心ここにあらずといった感じで相槌を打った。

「くる……」その時、驟子が震えたかすれ声でぼそりと言った。

俺は驟子の顔を見た。目はあらぬ方を見つめ、呼吸が荒くなっていた。

「あの子が近くにいる」

「春架のことか？」

驟子は俺の言葉には答えず、ただ頭を押さえた。〈春架〉が彼女を苦しめているのだろう。

「頭のなかに風船が広がる感じがするわ。風船でいっぱいになると、何も考えられなくなる……」

〈春架〉が驟子の意識を乗っ取りつつあるのに違いない。俺は彼女の背中をさすりながら声をかけ続けた。

「驟子、しっかりするんだ」

「来ないで！」

俺に叫んだのか、〈春架〉に叫んだのか。彼女は目を瞑っていた。

その様子に、琛も忠明もただ当惑しているようだった。こんなふうになる驟子を見るのは初めてなのだろう。

「忍、どうしたんだ？　驟子さんは具合がよくないのか？」

父が戸惑いがちに俺に尋ねた。

俺は父への言い訳を考えながら、先日の〈春架〉の言葉を思い出していた。

——忠明さんはいずれ自分のしでかしたことの大きさを知ることになる。

〈春架〉は忠明に何かを言うために出てくる気なのではないか？

だとしたら——止めなければ。

「驟子、落ち着くんだ、驟子！」

名前を連呼することで、俺はなんとか驟子の意識をつなぎ止めようとした。だが、その甲斐むなしく、彼女が現れた。

「忍さん、私はもう大丈夫よ。ウフフ」

〈春架〉は楽しそうに口を両手で押さえて笑い、まっすぐに忠明を見ていた。

「パパ」

声色も明瞭に、そして愛くるしい調子に変わった。

忠明の表情が、見る間に変化していく。目が大きく見開かれたかと思うと、次の瞬間には完全に顔面が引きつっていた。忠明は首を横に振りながらゆっくりと後ずさる。

だが〈春架〉は容赦なく距離を詰めていく。

「パパにウェディングドレス姿を見てもらえるなんて夢のようだわ。ね、パパ、私よ、春架よ？」

「よせ……よせ！」

「パーパ。パパって呼んでほしかったんでしょ？　いつも言ってたじゃない、私の身体を撫でまわしながら。パパって呼べって。パパ気持ちいいって言えって」

「やめろ！」

すると、彼女は突然、忠明に背中を向けた。

「ほら見てパパ、これはパパがあの日つけたキスの痕よ」

「し、知らない……！」

忠明は全身を震わせた。その顔は土気色になっていた。彼は頭を抱え、息を荒くしながら徐々にドアのほうへと向かっていた。が、その足がもつれて床に倒れた。

彼女は攻撃の手を休めなかった。

「ほら、あの日よ。パパが私を散歩に誘った前日。覚えてるんでしょ？」

「や、やめろ、やめろぉおおおお！」

忠明はどうにか立ち上がると、勢いよくドアから飛び出していった。

その姿を見て、〈春架〉は大笑いをはじめた。

「し、忍」父がぼそりと俺に話しかけた。「これは一体……」

「お忘れですか、彼女が横野医師の患者だったこと。時折、あんなふうに妹の人格が乗り移るのです」

父が絶句し、〈春架〉の笑い声だけが響いていた。

室内に漂う不穏な空気を切り裂いたのは、建物の外から轟いた衝突音だった。工事現場か、さもなくばすぐ近くで自動車事故が起こった時にしか聞こえない類の音だ。

俺は走りだした。

だが、その先に何が待っているのかは、走るまでもなくわかっていたのかも知れない。

聖庵閣の駐車場で俺が見つけたのは、壁に衝突したらしい黒い高級車だった。

運転席の人物は、ぐんにゃりとハンドルにもたれかかったまま微動だにしなかった。

伊能忠明は——恐怖に支配されて判断力を失い、自滅したのだ。

8　意識のなかの殺人

駐車場の現場確保を聖庵閣のスタッフに任せて衣装室に戻ると、こちらはこちらで大変な騒ぎになっていた。驟子が、いや、〈春架〉が頭を押さえながら床に倒れて叫んでいたのだ。

その様子を、栞と父が壁際に後ずさって眺めていた。恐らく彼らは恐怖のために部屋から出ていくことすら思いつかなかったのだろう。

俺はすぐさま彼女の傍に近寄り、抱きかかえた。

「大丈夫か？」

「あら？　忍さん、どうしたの？　いつの間に戻ってきたの？」

「驟子を出せ。驟子をどうした？」

「もう、忍さんたら、まだお姉ちゃんのことが好きなの？　あんないんば……」

俺は思わず彼女の頬を叩いていた。

〈春架〉は挑戦的な目を俺に向けた。

「……お姉ちゃんは眠っているわ。今度はとうぶん起きないんじゃないかしら。私がたっぷり毛布をかけてあげたから。何枚も何枚も」

今のところ、俺には彼女の言葉を額面どおりに受け取る以外に術《すべ》はなかった。内面でどのようなやり取りが行なわれているのか、俺にわかるはずもないのだから。ただ一つ、〈春架〉と騾子の力関係が変化し始めているのは確かなのだろう。

だが、今は〈春架〉にかかずらっている場合ではない。

「お義母様、ご主人がたいへんです」

俺は栞に表で起こったことを告げた。

栞はことのほか冷静に頷くと、外へ走っていった。その後に続くようにして父も出ていった。

かくして俺は〈春架〉と二人になった。

「いよいよ、来月は婚礼ね。私と忍さんの」

彼女が抱きついてくるのを、俺は払いのけることができなかった。

中身が〈春架〉であれ、その外側はいまだに俺の愛した騾子の美しいフォルムを保っている。

そのことが、俺の判断を惑わせていた。

自分さえ欺けば、彼女こそが騾子であっても構わないではないか。ふと、そんな思いに囚われたのだ。

卑怯者め、ともう一人の自分が言う。

だが、どうしたらいいのだ？

まさか映画でもあるまいし、意識のなかに入り込んで騾子の人格を探し出すわけにもいかないのだ。それに、そんなことをして騾子を探しても、その騾子は俺ではなくカラスを愛している。

そして——確かなことが一つ。

俺はすでに、〈春架〉の計略に無意識のうちに加担させられてしまったのだ。

数日前、職員室で〈春架〉を抱いたとき、俺は彼女に言われるがままに痕がつくほど強く背中を吸った。その時は、自然な流れだと思っていた。自分の視界の届かぬ部位を吸われることに興奮を覚える女は少なくない。

しかし、今となってはあれが〈春架〉による計算だったことは明白だ。一年前、忠明が春架の身体に残したのと同じ位置にある接吻の痕を見せることで、あたかも本当に春架の亡霊が蘇ったかのような錯覚を忠明に与えて心理的恐怖を煽る。その哀れな姿を我々の前に晒せば、おのずと彼の罪は公になる。それこそが〈春架〉の復讐だったのだろう。取り乱して命を落とすところまでは想像していなかったに違いない。

そして、ひとつの復讐を果たしたことで、〈春架〉は満足して消えるどころか、むしろ自己を増殖させ、驟子の身体を奪いとったのだ。

身体は匣だ。もしかしたら、〈春架〉という人格がいるのではなく、驟子のなかの背徳のイデアに人格が与えられただけなのかも知れない。それはもともと伊能春架のなかにもあり、同時に驟子のなかにも潜んでいた負のイデアなのだろう。

だとしたら――目の前の女を別人格として退けることに意味はないとも言える。彼女はたしかに〈春架〉だが、驟子のなかにある負のイデアであり、とどのつまりは驟子なのだ。

「春架、おまえのことをこれからは驟子と呼ぶよ。そうでないと人が変に思うからね」

「わかったわ、忍さん。私ももう他の誰かのところへ行ったりしない」

俺はもう一度彼女に口づけをした。〈春架〉としてではなく、驟子のなかの負のイデアとして、目の前の女を受け入れるために。

9　サロメの浮力

「今日、婚姻届を出すことにした」

翌日の放課後、朗読部部室にカラスを呼びつけ、俺はそう告げた。

カラスは俺の言葉を黙って聞き、しばらく窓の外に視線を這わせた。枯れた木々には、まだ前日の雪が残っていた。

「〈春架〉は現れなくなったんですか？」

「気になるのか？」

「べつに……」

カラスは口を尖らせ、そっぽを向いた。

「復讐心を満たしたからと言って、別人格が消えるだろうかと訝しんでいるだけです」

その回答に、俺は自分でも思わぬことを言っていた。

「消えたさ。本体がな」

自分の口が信じられなかった。本当のことを告げる気などなかったのに。

見る間にカラスの表情が変わっていく。奥底に眠らせた彼の内なる情熱が、沸き起こってくるのを感じた。

俺はなぜ本当のことを言ってしまったのだろう？

自惚《うぬぼ》れか。

自分のほうが絶対的に〈春架〉に惚れられているという過信。それが、カラスが自ら封印しようとしていた蓋を開けさせたくなったのだろう。愚かな行為だ。だが、もう蓋は開いてしまった。

「では今、騾子先生の身体を支配しているのは〈春架〉なんですね？」

「今だけじゃない、たぶんもうずっと〈春架〉として生きていくことになるだろう」

「以前、忍先輩は言いましたよね、〈春架〉は僕のことが好きだって。それでも、彼女は……彼女は忍先輩と結婚するつもりなんですよね？」

「自分で確かめたらどうだ？　あと二時間後に彼女はここへやってくる。婚姻届を一緒に役所へ提出しに行くんだ」

俺はカラスを冷めた目で見つめた。

「……どうぞお幸せに」

カラスはどうにか声を絞りだしてそう言った。

「逃げるのか？」

カラスの背中にそう呼びかけたが、彼はその挑発には乗らずに部屋から出ていった。

驟子、春架、驟子、春架……女神が俺の脳裏で交互に表れる。いずれも何も身につけずにこちらに背を向けて座っている。

まるでジャン＝レオン・ジェロームの描く女の背中のように、しっかりとした骨格を覆う豊かな肉が、背筋で密やかに支えられている独特の優美なライン。

異端審問の厳しい十七世紀にベラスケスが遺したヴィーナスの背中の系譜を、アングルは現実の背中以上の曲線美を追求することで開花させた。その流れを汲むジェロームの描く背中はシンプルでいて、エロティシズムではアングルに迫る勢いがある。

カトリックによって抑圧された性が、十九世紀に解放されていく。

女の背中が、アングルやジェロームにもたらした想像力は計り知れない。それは女性のどんな部位を描くよりも、彼女たちの神秘をもっとも端的に表してくれるものだったからだろう。そして同時に、秘められているようでいて、背中にはすべてが現れてもいる。

俺は壁にかかったモローの複製画を眺める。そこに描かれたサロメの背中はどんなだったであろうか、と夢想しながら。

清らかな女の背中を見たいという欲求とは異なる、捻れた欲求がそこにはあった。恐らく、サロメの背中に求められるのは、ファム・ファタルとして通常抱かれるエロティックな側面の裏側に潜む純粋さなのではないだろうか。そして、そうであるがゆえにサロメの背中は描かれてこなかったのだろう。

それはひとえにサロメとは何を表徴する存在なのか、という問いに通じるだろう。

サロメは純然たる浮力なのだ。

彼女の七つのヴェールの踊りを想像すると、俺は不思議と、ふわりとした重力を感じさせない天使のような動きを想像してしまう。そう、ちょうど美に重力が存在しないのと同じように。

美とは、思考のなかに透明な魔力を放つ動線なのだ。

それはあらゆる女の身体に潜む曲線でもある。

すべての女はサロメだ。そして、サロメは羽をもがれた熾天使《してんし》であるのかも知れない。ゆえにその背中の傷は描かれることがない。

窓の外には、月が昇り始めていた。

今宵の月はひときわ大きく、赤い。

やがて――部室のドアが開く。

サロメが、現れた。

俺の命運を司るサロメが。

10 錯誤

「あとはおまえがここにサインをするだけだ」

俺は彼女に書類を見せた。

艶やかな髪を誇る我がミューズは、今日は一段と輝いていた。学校のなかであるため髪をいつも通りにまとめ、眼鏡もかけてはいたが、その美しさはもはやそんなことで隠せるレヴェルではなくなっている。化粧のせいか？　それもある。だが、違う。根本的に、美を司るのは、内奥に秘めたるものなのだ。

そこにいるのは紛れもなく〈春架〉。同じ外見、同じ化粧をしていても、立ち居振る舞い、さらには所作、表情の作り方でまるでべつの人間に変わるのだ。

〈春架〉は喜んでまず俺の頬にキスをすると、赤いトートバッグのなかからペンを取り出し、ついでのように、プレゼント用に包装された薄い四角形の品を寄越した。

「これ、今日の記念に忍さんにあげようと思って。一人の時にでも開けてちょうだい」

「サンキュ、この形は……CDか？」

彼女のことだからクラシックのアルバムでも買ったのだろう。俺はそれを受け取って机の脇にあるCDやDVDの束の一番上にそれを載せた。その間に、彼女は婚姻届にサインをした。捺印したのを確認してから、俺はそれをそっとファイルにしまって鞄に入れた。

「夢のようだわ。忍さんとこれから一緒に暮らせるなんて」

それから部室を眺めまわす。慈しむような表情で。

「初めて忍さんが私の服を脱がせたのもこの部屋だったわね。あれから私はしょっちゅうこの部室をそっと覗いていたものよ。そのたびにあなたが他の女の人と交わっている姿を目撃することになった。ゾクゾクする刺激的な体験だったわ」

〈春架〉は、素敵な愛の告白でもするように、官能的な告白をした。

「ちょっと待った」

覗き見をしていたって構わない。女の嫉妬は微量ならば媚薬にもなる。だが……。

「どういうことだ？」

「何が？　どうしたの？」

俺は自分の感じた疑問をどう口に出していいものか迷っていた。

目の前にいるのは、〈春架〉。その身体は驟子のもの。

しかし——。

「ずいぶん記憶力がいいじゃないか」

「初めての出会いの瞬間を忘れるわけがないでしょ？　忍さんは忘れてしまったの？」

「いや、もちろん覚えているさ。ありありと思い出せるが——」

「なによ、どうしたの？　そんな怖い顔してぇ」

〈春架〉は甘えた調子で俺の身体に絡みつく。

この女は——。

「春架」

「何？」

彼女は上目づかいで俺を見た。最初に身体を重ねた後にそうしたように。

「おまえは春架だね？」

さも楽しげにフフッと笑う。その表情は、幸福に酔いしれているかのようだ。

「だからそう言ってるでしょ？　おかしな忍さん。お姉ちゃんはとうぶん出てこないわ」

俺は静かにかぶりを振った。

サロメの笑みが、不意に硬くなる。

ゆっくり息を吸いこみ、真実の斧を振り下ろす時がきた。

「そうじゃない。おまえは春架だ」

「……何を言っているの？　そうよ。お姉ちゃんの姿をしていても私は――」

「ちがう。おまえは、足の先から頭のてっぺんまで、まがうことなき伊能春架だ。そうでなければ、あの日、ここで俺がしたことを知っているはずがない」

「……何がおかしいの？　だって私は春架なんだから当然でしょ？」

彼女は必死に〈春架〉を演じようとしていた。

だが、その瞬間、俺の脳裏に決定的な事実が浮かび上がった。

「それともう一つ――背中だ」

「背中？」

「おまえは昨日、忠明さんが、おまえを散歩に誘った前日にキスの痕をつけたと言った。だが、伊能春架の死体にはそのような痕はなかったんだ。俺はそのことを知っている。なぜなら、この目で死んだ春架の背中を見ている」

彼女は――一瞬凍りついたような顔になった後で、なぜか幸福そうに笑った。

「やっと気づいてくれたのね。ヒントを出していたのに、あなたはずっとお姉ちゃんを求めていた。あれじゃ、真実を白状することなんてとてもできないわ」

彼女は机の上に腰かけて足を組み、髪を解いて眼鏡を外す。

「お姉ちゃんになりきるのも大変よ。私そもそも古典なんか大っ嫌いだもん。だから眠りたいときはいつでも『源氏物語』。あれ読むとすぐ眠くなれるんだよね。でもお姉ちゃんになったお陰でずいぶん贅沢な時間を過ごせたわ。忍さんが毎晩マッサージしてくれるなんて、学校の女子が知ったらみんな発狂するわね」

「おまえはこの一年、ずっと駱子の演技をしていた。つまり――駱子は……」

「今も学校の裏手にある墓地に埋められてるわ」

目の前の景色が、揺れて見え、そのうち二重にぶれ始めた。

眩暈がする。

駱子はすでに死んでいる。

あの日俺が抱きしめたのは春架ではなく、駱子の死体だったのだ。

その事実は、俺を当惑させるどころでは済まなかった。俺のなかにある最後のエネルギーを根こそぎ奪い去っていった。

目の前にいるのは、駱子の匣に入った負のイデアとしての〈春架〉なんかではない。

正真正銘の伊能春架なのだ。

俺があの日、車のなかで眠っている姿に惚れた杉村駱子はもうこの世にはいないのだ。

彼女はいま輝かしい微笑を湛えながら、俺を永遠の甘美なる煉獄へと導こうとしていた。

蜘蛛が獲物を的確に捕らえるように、彼女は俺に身を寄せてきた。

俺は――そっと春架を抱き寄せ、髪の匂いを肺いっぱいに吸い込んだ。

何が正しいのかなどわからなかった。たとえまがい物であれ、この一年、俺は彼女を騾子と信じて愛してきたのだ。春架だとわかった途端に突き放すことなどできるわけがなかった。

だが、これでいいのか？

心のなかの声がそう訴えるのを、もう一人の声が打ち消した。

美しい首筋にキスをし、そのまま背を向けさせワンピースのホックを外して背中に唇を這わせる。

俺にはもう何もないのだ。彼女のほかには。

その背中は在りし日の騾子の背中にも、この一年俺が愛した〈騾子〉のそれにも自在に変化した。エロスも純粋さも兼ね備えた、純然たる浮力が俺に作用していた。心が重力を失っていくようだった。

俺はサロメの背中に、永遠の楽園を見出したのだ。

唇が移動するほどに、官能的な喘ぎ声が洩れる。俺はその美しい楽器が奏でる音色に耳を傾けた。

やがて――とこしえのサロメの音楽が、ゆっくりと俺を包み込んだ。

エピローグ

1　驟子の断片

耽溺は思考を麻痺させる。

サロメの背中に俺は束の間正気を遠のかせていた。白い皮膚の上を彷徨う旅は、これまで何度も経験した旅路でありながら、またとない興奮を俺にもたらした。彼女が奏でる音色は至福の彩りを添えながら、いよいよ薫り高く艶めいていた。

だが――何かが俺の意識を引き戻しにかかった。

かつての驟子との追憶か？　そうかも知れない。

俺は唇を離し、ファスナーを上げてホックをもとに戻した。春架は俺が途中でやめたことに戸惑い、幻滅したような表情を浮かべたが、俺は気にせずに尋ねた。

「いつ驟子と入れ替わった？」

「悪趣味よ、忍さん。そんなことを聞きたがるなんて」

春架は俺から身体を離すと、机の上に座って足を組んだ。

「言うんだ。すべて、あるがままに」

「怖い口調で言わないで。べつに大したことじゃないわ。そうだ、私が喋るよりも、ここは死んだお姉ちゃんに出てきてもらおっかな」

小意地の悪い笑みを浮かべ、赤いトートバッグから一冊の手帳を取り出した。薄紫のその小さな手帳を、一年前に驟子が使っていたことを俺は覚えていた。スケジュールを書き込むページが前半に、後半はメモ帳になっている。

春架の死以降その手帳を見ないのは、妹の死のショックで手帳に何かを書き込む気にならなくなったのだろうと理解していた。

だが、春架が驟子になり代わっていたのなら、それも道理だ。

「お姉ちゃんはこの手帳に、断片的に日記らしきものを書いていたみたいね」

春架がその部分を読み上げようとしたが、俺は慌てて彼女の手から手帳を奪い取った。

最初の記述はこんなふうに始まった。


陽光が差し込む。

まだまどろんでいたかったけれど、私に語りかける太陽の声を無視することはできなかった。

ゆっくりと身体を起こそうとすると、まだ腰の辺りが微熱を帯びていて重たい。

（中略）


窓をノックする音がしたのは、その時だった。

私は知らなかった。目を開く瞬間まで、そこに新たな運命の扉が待ち構えていようとは。


その記述はどうやら、俺と出会った日に書かれたものらしく、俺が車のドアをノックしたところで終わっていた。彼女が新たな恋の予感に酔いしれていることが窺える文章だった。俺はその当時の騾子の気持ちを思って感傷的な気持ちに耽った。

だが、一つだけ妙なことに気づいた。〈腰のあたりが微熱を帯びていて重たい〉とは、前の晩に何者かと情交に乗じたことを仄めかしている。その頃の騾子は稔と付き合っていたはず。そして稔は——一度も騾子を抱いていないはずだ。

「フフフ、興味深いでしょう?」

俺の表情を読んだように、春架は楽しげに笑った。

春架を無視して、俺は次のページをめくった。そこにはまたべつの文章が始まっていた。

あんなことになるとは思わなかった。人間は必ずどこかで道を間違える。大事なのは、間違えたポイントから次にどう進むか、だ。

（中略）

あるいは――そこで止めていれば、村山さんがあんな悲惨な終わりを迎えることはなかったのかも知れない。

俺は冷静さを取り戻した。そこにはべつの男の影は感じられなかったからだ。いいじゃないか、たとえさっきの文章のなかにあった記述がどこかべつの男との情交を示していたとしても、それはおまえと出会う前の話なのだから。俺は自分にそう言い聞かせることにした。

文章はまだ続いていた。

村山さんの死は私にとってもショックの大きいものだった。何度か食事に訪れるたびに、私に対して優しく接してくれた。

ただし、彼はただのいい人というわけでもなかった。つねに屋敷のことを気にかけていたのだ。私への警戒も緩めていなかったのだと思う。

（中略）


「どうしたの？」

「いいからお願い！　学校終わったら家に来てほしいの。頼れるのはお姉ちゃんしかいないいんだもの」

　私はその日の授業を終えると、学校を早退し、伊能邸に向かった。あどけなさの残る、奔放なるサロメを助けるために。


　栞から聞いていた話と重なる部分があった。忠明が春架に好意を抱いていたのは本当なのだろう。そうでなければ、春架の背中につけられたキスの痕を見た際に狼狽えた理由がわからない。

　そして記述はこれがすべてだった。それは、伊能春架が死んだと思われていたあの日に、驟子が亡くなったことを意味しているのだろう。

　俺が最後まで読んだことを視線から悟ったらしい春架は、素早く俺の手から手帳を取り上げた。

「続きが気になるわよね？」

「続きなどない。彼女の人生に続きがないのと同じだ。言えよ。どうやって殺したんだ？」

「人聞きの悪いこと言わないでよ。しょうがないなぁ。今からお姉ちゃんに続きを話してもらうしかないわねぇ」

春架はそう言って手帳を開いた。何も書かれていない白紙のページを見ながら、春架は掠れ声で言った。

「『忍のために、私の最期について書いておこうと思う』」

「やめろ、もうよせ」

「『聞いてほしいの、私がどうして死んでしまったのか』」

そして、彼女は長い長い話を始めた。彼女の姉の声を真似たままで。

2 サロメはかたる

私はその日の授業を終えると、学校を早退し、伊能邸に向かった。あどけなさの残る、奔放なるサロメを助けるために。

発端は、春架の処女喪失を忠明が認識したことにあった。彼女はそれを華影邸の執事・村山のせいにしていたけれど、私はその前にとっくに処女を脱していたのだろうと思っている。たぶん、ほかに好きな異性がいたはずだ。恐らく村山に強姦されたと訴えたのは、その男へのあてつけだろう。

当然、その相手は村山と何らかの関わりのある人物。そう考えれば、それが誰なのかは何となくわかるところではあった。けれど、私はそれ以上の憶測はしなかった。何であれみんなが私に隠そうとすることは知る必要がない。だったら、たとえそこに醜悪な真実が隠されていようとも、目を伏せるべきだ。

私には、どこかそういう生真面目なところがある。心をまっすぐに保つためなら、いくらでも真実を土の下に埋めて隠してしまえるのだ。

だから、結局この時、私は春架が誰を好いているのかを聞かなかったし、この文脈ではそんなことはどうでもよかったのだ。

春架はまた、処女喪失によって、忠明がしきりに距離を縮めようとしてきていると教えてくれた。その汚らわしい事実は、姉としても許しがたいことだった。

こんな時に父が生きていてくれたら――。生前の父は私たちを常に可愛がってくれた。子供を子供という概念でかわいがる、古い男親らしい愛情だったけれど、それで良かったのだ。私たち姉妹はその庇護のもとにいたのだから。

そこに――あの男、伊能忠明が入ってきたのだ。あの男は春架の身体を撫でまわし、あまつさえ彼女と関係をもとうとしている。

伊能家に着くと、玄関からすぐに春架が現れて、私を招き入れた。彼女は部屋に入ると、一度ドアに耳を当てて誰も来る気配がないことを確認してから小声でこう言った。

「あの人、昨日の夜『明日の晩を二人の特別な時間にしよう。これでおまえの過ちは清められるよ』って言って、私の背中に辱を這わせたの……」

〈過ち〉と彼が言ったのは、執事の村山にされたと春架が主張している行為のことだろう。たとえそれが真実でも、春架の過ちではないのに。

「ひどい話だわ……」

「どうしよう……お姉ちゃん、私、あの人とそんなことしたくない」

「当たり前よ！　絶対に応じちゃダメ」

「でも——あの人『おまえのお姉ちゃんもしたことだ』って」

「嘘よ……でたらめだわ」

私は狼狽えた。まさかあの男がよりによって春架に話すなんて思ってもいなかった。

「そう。じゃあ、あれも嘘なのね、よかった……」

「〈あれ〉って？」

「『おまえのお姉ちゃんとの動画を見せることもできる』って。でも、そんなものはないのね？」

春架は心底安堵したように見えた。

「馬鹿ね、そんなことあるわけないじゃない！」

私は口調を強めた。汚らわしい。なんて卑劣な男。

「全部まるごと嘘。私はそんなこと絶対にしていない。神に誓ってもしていないわ！」

「……そ、そうだよね」

「でもその男なら合成動画でも作りかねないわね。いいわ、私に任せて」

それから私は妹に顔を寄せた。

「あなたと私は、素顔はよく似てるって昔から言われるわ。それに背恰好も似たり寄ったり。私もあなたも、今はそこに制服だとかスーツだとか、化粧や眼鏡といった記号を纏っている。私たちが入れ替わってもきっとあの男は気づかないわ」

私はそこで眼鏡を外し、髪を下ろした。そしてファンデーションを濃くし、いつもより赤い口紅を引いてから、アイシャドウを塗り、大きく目を見開いてみせた。

「『お姉ちゃん』」

声を真似てみると、思ったより似ている。

「すごい……」

「ね？　だから、私に任せて。今夜、あなたの代わりに私が行くわ」

私と彼女は、そこで自分たちの服を交換し、互いの化粧を丁寧に真似た。

三十分後、互いに見違えるほどに正反対の自分を手に入れた。

春架は私に、私は春架に。

私の恰好――冴えない女教師の風貌に変わった春架は不思議と溌剌さが抑えられ、本当に成人女性のように見えた。

「あなたは私のマンションに帰って。私はこの部屋に留まるわ」

わかったわ、と春架は答え、部屋を出ていった。出ていく前に、彼女は私に抱きついた。

「無事を祈っているわ、お姉ちゃん」

春架が出ていくと、部屋は急に静かになった。

伊能忠明のことを考えると、憂鬱になる。

数ヵ月前、まだ忍の兄、稔と付き合っていた頃だ。稔とデートした後、母に頼まれていた忠明の職場への届け物を済ませてから帰ろうと思っていた。

忠明のオフィスは駅の近くにある。ドアを開くと、なかで忠明はマネキンと真剣な顔で向き合っているところだった。

——忘れ物を届けにきました。

——そこへ置いておいて。

こちらを見もせずに忠明は言った。それから、「それよりこっちへ」と手招きした。

——いいから早く。急いでるんだ。これを試着してもらえないか？

——私がですか？

——ああ、そうだ。時間がない。

彼はそう言うなり、私のシャツに手をかけた。拒む暇はなかった。ビジネスライクな喋り方が、余計に拒絶できない空気を創りだした。

気がつくと、裸にされていた。代わりにあてがわれた衣装は、透明なビニール製の丈の短いワンピースだった。

——明日着てもらうモデルにいちばん体型が近いのが君なんでね。

そのままじっとしているように言われ、そうしていた。

忠明は矯《た》めつ眇《すが》めつ身体の角度などを調節し、前かがみになれだの、胸をのけぞらせてほしいだのと言ってきた。最初のうちはその通りにしていたが、ふと、ある瞬間から忠明が少しずつ自分との距離を縮めていることに気づいた。

彼の掌《てのひら》が、脇のあたりにピタッと触れ、襟を直す素振りで首に触れた。その一つ一つが嫌なはずだった。

帰りたい。稔のことを考えよう、と思った。自分のことを想ってくれる美しい男の顔を。だが、そのしなやかな掌を想像することを、いま現実に自分に触れているごわごわとした手が阻んだ。

愛しい者と睦み合って酔いしれるひとときと、汚らわしい者に自分が玩具にされていく瞬間。

女は結局どちらに快楽を感じるものなのだろう？　私はときどき自問してきた。というのも、必ずしも自分のタイプだとは認めていない男性に対して、性的な興奮を覚えることがあったからだ。

そして今、こうしている瞬間も自分の身体は、目の前の反吐《へど》が出るような中年男性に対して、奇妙にも内なる興奮を示していた。

でも大丈夫。彼にそれを気づかれなければ、この感情をうまくやり過ごすことができるはず。

けれど、無神経な指先はスカートの裾を直す素振りで下着に触れた。その手つきは、あくまで衣装を直すという名目をまだ保っていた。だが、私の下着が湿っていることを理解した瞬間、彼の手つきは一変した。

——何だ、濡れてるんじゃないか。

まるで私がひどく下卑た生き物であるかのような、軽蔑しきった眼差しを向けながら、指をなかに入れてきた。

その視線が、私をなぜあんなにも興奮させたのかはわからない。

抵抗する言葉とは裏腹に、私の身体は熱くなり、玩具にされる喜びを受け入れていった。乱雑な手つきが自分を無惨に摑み、服を脱がせ、身体を開かせるたびにいくつもの声が生まれた。そして、そのあいだ、私は一切稔のことを考えていなかった。

がらんどうだった。マネキンが私を見つめていたが、私もまたマネキンだったのだ。彼が動画を撮影していたことにも気づいたけれど、あの時の私にとっては、もうどうでもいいことだった。

私は玩具となり、卑猥な言葉を何度も叫んだ。まるでもう一人の別の自分がいるみたいだった。

すべてが終わると忠明は立ち上がり、私の頭を撫で、服を投げて寄越した。

私はよろよろと立ち上がると、服を着て外に出た。

涙は出なかった。自分がこの状況に憤っていないことがいちばんの問題だった。忠明の行為は許されることではなく、忌むべきもの。もっと腹の底から怒れ、と自分に言い聞かせた。だが、身体は怒りすら放棄していた。

妙に身体が軽く、同時にほどよい気怠さも残っていた。

今夜はうまく眠れそう。そんなことを考えた。

稔から電話がかかってきたが、出なかった。もう眠ったことにしてしまおう、と思った。


あの日から私は自分のことがわからなくなった。こんなに稔を愛し、一途でいるはずなのに、同時にいびつな感情を抱えていた。それは忠明への特定の感情というわけではなく、時には教頭や学年主任に対しても同様の感覚になった。自分という人格をいっさい無視され、玩具として扱われたいという歪んだ願望がどこかにあった。

そして、稔が死に、忍と付き合い始めてからも、心の底では自分の隠れた願望を常に恐れていた。けれど、その苦悩は意外なかたちで解決された。

私は思い悩んだ末、忍に自分の歪んだ願望について述べることにしたのだ。彼を失うことを覚悟したうえでの告白だった。

ところが、話を聞き終えると、忍は優しく笑った。

——何だ、そんなことか。何も異常なことじゃないさ。どうだろう？ その役目は俺ではダメか？ 俺は君の人格を無視して玩具として扱うこともできる。

忍の言葉は、本当だった。

私は誤解していた。美しい者との美しい関係を望むか、岩のような手をした男に玩具として扱われるかのどちらかしかないと思い込んでいた。だが、そうではなかったのだ。忍は圧倒的な支配とこの上ないまでの残忍性とをあわせもち、なおかつそうであることと優雅さとが共存できることを示してみせた。

それはまるで王位の奪還の光景のようですらあった。

私は自分の気持ちが再び忍に引き寄せられていくのを感じた。そして、幸福な気持ちになった。玩具であること、人間として扱われること、どちらも忍には求めることができる。いったん忍の優しさと冷淡さの二重奏を知れば、もはや忠明やほかの男の手触りなど求める必要はなかった。繊細さをあえて封印した無神経と、単なる無神経は、似て非なるものなのだ。

そうなると、忠明にされたことが急に許されない汚点のように思えてきた。あんなのは甘美な記憶ではない。穢れた記憶だ。

そこへ――この春架の一件が舞い込んだ。

神に、今日こそ決着をつけろといわれているような気がした。

私は若い子特有のガチャガチャした装飾品に満ちた春架の部屋で鏡台の前にじっと座り、表情の練習をし続けた。春架らしく笑い、春架らしく困った顔をし、春架らしく男を誘う目つきを練習した。

夜十時になると、ドアをノックする音がした。

開くと、忠明がそこに立っていた。よかった。彼の顔を見ても、胸が高揚したりはしなかった。やはり、あの時の痴情は一瞬の気の迷いだったに違いない。

「散歩に行こうか、春架」

下卑た笑み。大丈夫、私にはその笑みは通用しない。

しばらく歩いていくと、彼は私の腕を摑んだ。私はそこでは抵抗せずにおいた。

「どこへ行くの？　寒いわ」

「ホテルを予約してある。覚えているんだろ？　約束」

「ええ。……でもその前にお姉ちゃんの動画を見たいわ」

そう、それを奪い返さなければならない。奪ってデータを消去する。あとはとにかく走って逃げよう。いざとなれば交番だって民家だってそう遠くはないのだから。

「何だ、そんなことか」

忠明はそう言ってほら、とケータイを見せてきた。そこには数ヵ月前の自分が赤裸々に記録されていた。羞恥心に顔が歪みそうになるのをどうにか抑える。

「もういいだろ？」

彼は一瞬周囲に目を向けた。その隙をついてケータイを奪い、走り出した。

忠明が何か叫んだが、もちろん私は待たなかった。

全力で逃げた。

思いのほか忠明は足が遅かった。彼はもう若くないのだ。いくら男性で腕力はそれなりにあったとしても、所詮体力の衰え始めた四十代の男。恐るるに足らなかったか。

気がつくと、学校の裏手にある林にまでたどり着いていた。夢中に走るあまり、方角がわからなくなっていた。

そのとき、私は突然前につんのめり、樹に強《したた》かに頭をぶつけた。何が起こったのかわからなかった。

頭がくらっとしたかと思うと、意識が遠ざかった。足音がする。

そして——掌からケータイが奪われた。そのごわごわした手触りから、奪ったのが忠明だとわかった。

返しなさい。あの動画だけは消さないと……。

そこで意識が途絶えた。

3　赤い月と狂気

『私はこうして死んだわ』」

春架は、悪趣味な演技で驟子の死を語り終えると、本来の喋り方に戻った。

「お姉ちゃんは可哀想だったけど、困ったのは残された私よ。たった一日だけの〈取り替えっこ〉のはずが、お姉ちゃんが私の恰好で死に、医者も私だと思い込んで簡単な死体見分で済ませたものだから、私は死んだことになって、帰る家がなくなっちゃったわ」

「じつの母親まで騙せたのか？」

「そこなのよね。ママは騙せなかったわ。彼女は一発で私がお姉ちゃんじゃないって見抜いたの。でも、ママにとっては今の状態のほうがよかったのよ。一つ屋根の下に私がいたときは、嫉妬が抑えられなくて引きつった顔になっていた。今はだいぶ穏やかな顔になったわ」

俺は先日会ったときの栞の顔を思い出した。

そして、その瞬間、ある考えが浮かんできた。

「サロメ、おまえのことをあえてそう呼ぼう。だが、その裏にはもう一人の女によるべつの思惑もあった。エロドの破滅を求めていた王女エロディアス、栞さんだ。彼女は忠明の死を望んでいた。浮気の心配が絶えない夫に顔を引きつらせているより、その旦那の遺産でこれからを愉しんだほうがいいからな。

あの日、聖庵閣でおまえが復讐を遂げることは、栞さんとの間にも暗黙の了解があった。そうだろう？」

「そうね。でも当然の報いだと思わない？　ママは娘を、私は姉を殺されたのよ、あの男に」

「おまえが忠明に迫られるのを放っておいた母親をなぜ恨まない？」

「どうして？　彼女はいちばんの被害者じゃない？　私を助けるなんてママには無理よ。犠牲になるとしたらやっぱりお姉ちゃんしかいなかったと思うわ」

恐ろしいまでに身勝手で自分本位な考え方だった。春架の貪欲な甘えの精神が驟子の身を破滅へと追いやったのだ。

「待てよ。まだ話は終わっていない」

机から降りてドアへ向かいかけた春架を俺は呼び止めた。

「まだ過去の話をするの？　いいじゃない、もう。私たちには輝かしい未来が待っているのよ。楽しい未来の計画でも話しましょう？」

「過去の棘は抜かなきゃな。さっきおまえは忠明のケータイを現場から持ち去ったのが忠明自身だと言ったが、よく考えれば持ち去ったのはおまえかも知れないよな？　忠明だという確証でもあるのか？」

うんざりしたといった感じで春架はお手上げのポーズをとってみせる。

「信じてもらうしかないわ。私の婚約者なら」

「なら、信じられない俺はおまえの婚約者として失格かも知れんな」

「……何を言っているの？」

「俺はいまこう疑っている。おまえが驟子を追いかけて巨木の近くで背中を押し、ケータイを奪ったんじゃないかってな」

春架は髪をくるくると指に巻きながらほくそ笑んだ。

「そんなのぜんぶ憶測じゃない？　それこそ物的証拠がどこにあるの？」

「そうだな。べつに俺は今挙げた程度の根拠でおまえを警察に通報しようとは思ってないよ。ただ婚姻を取りやめるだけさ」

俺はそう言って鞄から婚姻届を取り出すと、彼女の目の前で破り捨てた。

俺はサロメの浮力から逃れたのだ。

この女は騾子ではない。たとえ一年間愛したにせよ、それは単に騙されていたからに過ぎないのだ。甘やかな記憶の芳香に酔わされて、危うく理性を放棄するところだった。

春架は立ち上がり、怒りに唇を震わせた。

「……ひどいわ」

「ひどい？　一年間も俺を騙し続けたおまえはどうなんだ？」

「許せない……私を騙すなんて……」

まるで自分のしでかしたことなど忘れたように春架は怒りに駆られていた。

だが、次の瞬間に彼女がとった行動は、さすがの俺も予想ができなかった。

俺はそのとき、窓の外の赤い月を見ていた。その光が彼女の頬を照らしたかと思うと、彼女は突如、腕を振り回した。まるで、月光に染められて狂気を帯びたかのようだった。

咄嗟によけたが、ワイシャツがはらりと裂け、胸からうっすらと血が出た。

彼女は手にナイフを握っていた。鞄のなかに忍ばせてあったようだ。

この女、まさか――婚姻直後に俺を殺すつもりだったのか？

「騾子騾子騾子って、いつもあんな女を求めて。あなたが憎かった。あなたが伊能春架を受け入れる――それこそが私の復讐のつもりだったわ。だって悔しいじゃない？　あんな女に負けたままなんて。だから徐々に伊能春架に戻していって、あなたが完全に私を愛したところで殺してやろうって思っていたのよ。でももうどうでもいいわ」

彼女はもう一度ナイフを構え直した。

俺は背後によけようとした。だが、思いがけないことに、そこには夏に故障して以来使用しなくなったＰＣが置き去りにされていたのだ。それに躓いて倒れた瞬間を春架は見逃さなかった。ナイフを大きく振り上げると俺のほうへ向かって走り寄ってきた。

ふるるうるるうるるるるるうるるる
俺の手前で、ＰＣが起動する。

ぶつかった際に起動ボタンに触れてしまったようだった。

夏に壊れたはずなのに。

歌っているのは、ＰＣのなかの人魚だ。

一瞬だが、人魚のいびつな歌声に春架は足を止めた。

ほんの束の間の休息。

そして、再び動き出す。

「もうやめてください！」

ドアが開く。

入ってきたのは——カラスだった。

春架はカラスのほうを振り返り、飛びかかった。

ナイフは深く、深くカラスの腹部を刺した。

彼は目を見開き、春架をじっと見つめていた。

そして、何もかもを許すように、春架を抱きしめた。

その抱擁が、春架のなかの何かを崩してしまった。

「ぁああああああああ！」

彼女は声を上げて泣きじゃくった。

それは、これまで聞いたことのないような声だった。悲しみでも怒りでもない。そこにあるのはただの混乱なのだ。

彼女はカラスの身体からナイフを抜いた。

カラスの腕から逃れ、そのまま窓に駆け寄る。

俺は咄嗟に彼女を抱き留めようと身を起こし、手を伸ばした。

だが、彼女はその手をするりとかわし、自分の胸に深々とナイフを突き刺した。

それから、手摺を越えて、飛び降りる。

校舎の二階。飛び降りたからといってどうなる高さでもない。

しかし——その下には我が曾祖父の銅像があった。銅像は、勉学に励めという意思が込められ、天高くペンを掲げ持っている。

その鋭く尖ったペン先は、まっすぐに彼女の胴体に突き刺さった。

鮮血がほとばしり、しばらく痙攣していた彼女の身体は、数秒の後、くったりと動かなくなった。

「忍……先輩……救急車を……」

カラスは喘ぐようにそう言って、腹部を押さえて蹲《うずくま》り、そのまま意識を失った。

4　惨劇のあとで

それからの出来事のことはあまりよく覚えていない。

俺は急いで救急車とパトカーを手配した。カラスは救急車で運ばれたが、春架はすでに息絶えていた。

俺は警察へ任意同行を求められ、取調室で尋問を受けることになった。だが、たいして話せることがあるわけではなかった。彼らははなから死体が杉村驟子であるという前提で進めていたし、そのことに俺も異論を唱えなかった。

春架が自らを刺して飛び降りたことは、腹部を刺されたカラス自身がそう証言したのだから警察もそれ以上疑う必要はなかったのだろう。

唯一、婚姻届について問われた。

「なぜ彼女はあなたと結婚しようという矢先に死を選んだのでしょう？　ナイフを所持していたということは計画的なようにも思うのですが」

「ナイフは護身用にいつも所持していましたよ」もちろんこれは口から出まかせだった。「恐らく――浮気相手が現れたことで、自分の浮気がばらされると思ったのでしょう。それで咄嗟に彼を刺し、動転して自分も刺してしまった」

警察は終始俺に同情的だった。カラスが驟子の浮気相手で、俺は寝取られ男という役回りだ。何しろ、俺は本物の婚姻届にサインをしていたのだから。破ったのは、予備にもらった無記入の用紙だ。その嘘が良かったのか悪かったのか、今となってはわからない。

こうしてつまらない警察の取り調べが終わった。

葬儀は事件の二日後に行なわれた。

春架の――杉村驟子の葬儀に〈婚約者〉として出席すると、琹が俺をもてなした。この女はまるで身内の不幸を一つ吸うごとに若返りでもするかに見えた。

彼女は俺のもとへやってくると、

「驟子にしばらくの間幸せをもたらしてくれてありがとうございました」

と目元をハンカチで押さえながら言って俺の手を握った。俺はその手を払った。

「その言葉は、一年前に聞きたかったです」

彼女は俺の言葉の意味をじっと考えているようだったが、やがて何も聞かなかったような曖昧な笑みをつくり、彼女を労《いたわ》ろうとするやましき紳士たちの群れに取り巻かれて消えた。

それから俺は、葬儀場の外に佇んでいる父を発見した。

父のそばに駆け寄ると、彼は俺にだけ聴こえる囁き声で尋ねた。

「忍、つらいか？」

「……しょうじきまだわかりません。混乱しています」

「おまえも稔も、厄介な姉妹と関わったものだな」

父は弱々しく笑うと、俺の頭を優しく撫でた。

その時になって俺は、もしかしたら父は密かに驟子と春架が入れ替わっていたことに気づいていたのかも知れない、と考えた。

結局父は何度か頷くと、「とにかく——もう終わったのだ。前を向いて生きろ」とだけ言い残してから俺のもとを離れ、葬儀場へと向かった。

5　月光のごとく

葬儀の後、俺はまっすぐ自宅に戻る気になれず、その足でカラスの入院している総合病院へと向かった。事件以来一度も見舞いに訪れていなかったのだ。

もう陽は暮れかけており、面会時間の終了間際だった。

三階の個人病棟に入ると、カラスは読書に耽っているところだった。

「元気なようだな」

カラスは俺のほうを一度見たが、すぐに視線を逸らした。

「元気じゃないからここでじっと本を読んでるんですよ」

こちらを突き放すような言い方だが、以前ほどの棘は感じなかった。

「もっと険悪な顔をされるかと思った」

「なぜです？」

「婚姻届を破いてみせるという俺のパフォーマンスは、結果的に春架を死に導いたからな」

「それは結果論ですよ」

カラスはさらりとそう言って疲れた笑みを浮かべた。ついこの間まで、カラスは報われぬ恋心をくすぶらせ、俺は嫉妬心に蝕まれていた。俺たちの間には深い河が流れていたのだ。

しかし、今は違う。俺にとってもカラスにとっても、今度こそ一つの終止符が打たれたことに違いはないのだ。それがどんなに苦味を伴う帰結であったとしても。

「だが、あれだけの傷を負わされて生きているとは、おまえも強運の持ち主だな」

「運がいいのか悪いのかわかりませんが、まあ急所は逸れていたので助かりましたよ」

そのとき、病室のドアが開き、彼の傍らにすらりとしたスタイルの女性がやって来て俺に軽く会釈をしてベッド脇に置かれた椅子に座り、林檎を剝き始めた。「お友達？」と彼女はカラスに尋ねた。

「レイカ、もういいよ。あとは自分でやれるから」

カラスは照れくさそうにそう言って、彼女の手元から林檎の載った皿を受け取った。その姿をみて、レイカと呼ばれた女性はクスリと笑うと、

「いつまでも本読んでないで、適度に寝ること」

と言ってカラスの額を指で弾き、俺に微笑んでから病室を出ていった。

「いい女じゃないか」

「姉です。連絡先は教えませんよ」

「いずれ自力で聞きだすさ」

俺は彼の手元に目をやった。『マラルメ全集』の文字が読める。その横にはバウムガルテンの『美学』があった。

「お勉強か。入院中くらい活字から離れたらどうだ」

「それは忍先輩に、一週間女性に触れるなと言うようなものですね」

「発狂するな」

ふふっと笑った表情には、青年から大人へと少しずつ変わっていく冷めた空気が感じられた。すぐに頬を赤らめていたあの青年は、春架の死とともに失われてしまったのだ。

「彼女のなかには二つの人格なんて最初からなかった。伊能春架という単体の女だった。そして、たぶん俺たちは伊能春架でも杉村驟子でもない何かに魅かれていたんだ。そうは思わないか？」

「あるいは――両方に魅かれていたのかもしれません」

「あるいはな」

俺はそこで窓の外に目をやった。薄闇のなかに、今宵の月がぼんやりと見えた。朧《おぼろ》でいて、闇を溶かしそうなほどに優しい輝きを放つ月だった。

「月の光みたいなものだ。光が届くのは一瞬なのに、同時にその光は大気を伝って波形にもなる。つまり一瞬では届いていないということでもある。たぶん、俺たちが光を摑めないのは、その二重の性質ゆえだ。サロメだってそうだろ？」

「サロメの二重性とは何ですか？」

「サロメが踊る時、その優美な曲線はあらゆる者を魅了する魔性の力を持っている。だが、同時に彼女はあまりに純度の高い、死をも軽んじるほどに一途な恋をした欲深い乙女でもある」

「そう言えば、『サロメ』は月の狂気に取りつかれた物語でもありますね」

「そう。そして、杉村驟子と伊能春架という二つの性質をもった月光もまた、狂気の閃光を最後に放って、俺たちの掌から零れ落ちてしまった」

カラスはフッと乾いた笑みを漏らした。そして、笑うとまだ腹部が痛むのか、苦しそうな顔になった。

「そんなふうに体験を簡単に言葉でまとめようとしないほうがいいですよ。体験は言葉にした瞬間から大切な部分を水にふやかしてしまう」

「それでおまえは勉強に気持ちを向けることにしたわけか」

「これは勉強じゃありませんよ。ただ読んでいるだけ。この上なく贅沢な娯楽です」

カラスもまた窓の外に目をやる。

「教えてくれ、カラス。おまえ、なぜよけなかった？」

「よけたくなかったからです」

「だから——なぜだ？」

俺にはそこがわからなかった。俺はあの時ナイフをよけた。たとえ彼女が春架ではなく、驟子だったとしてもそうしただろう。

「好きだったから、ではいけませんか？」

「愛する者になら殺されても構わない、か」

「彼女に一度触れてしまった時点で、僕がああなることは運命づけられていたのでしょう。逆を言えば、僕らが触れ合わなければ彼女はまだ生きていたのかも知れない、とは思いますが」

「ふてぶてしい物言いができるようになったな。まるで彼女がおまえを愛していたような言い方じゃないか？」

俺はからかうようにして言った。カラスは別段それを恥じるでもなく、本に視線を戻した。

「もう彼女はいません。僕は僕のなかの彼女と向き合っているだけですよ。忍先輩はどうなんですか？　僕には先輩が彼女の死から目を逸らしたがっているように見えますが……」

「見つめているさ。その死も、生もな。ただ、もう触れられない女に関して俺は寡黙だというだけさ」

生身の女なら、触れてやればいい。だが、死者は見つめることしかできない。

「第一、俺の愛していた驟子は一年前に死んでいたんだ」

俺は話題を変えることにした。

「それより、おまえと春架の騒動のせいで出席日数が足りずに留年が決まったぞ。おまえ、責任とって朗読部に戻ってこい」

「なぜ僕が先輩の留年の責任をとらねばならないのか、論理的な説明がほしいところですが、まあ考えておきます」

「それと――早く退院しろ。ちょっと付き合ってほしいところがある」

「付き合ってほしいところ?」

「隣の町に女子高が新設されたらしい。今度下見に行こう」

「……懲りないですね、先輩は」

「カラス、いいか? おまえは今、思いつめて死にそうな顔をしているがな、まだ何も始まっていない」

一年のなかには四季があり、人生もたとえれば巨大な四季みたいなもの。俺たちはまだそのほんの入口で、足踏みをしていたに過ぎないのだ。

6 とこしえのサロメ、ふたたび

病院を出たのは六時半だった。俺はどこか頭の芯が麻痺しているような妙な具合だった。身体に——まだ彼女が絡みついている。

そんな感覚があって妙に歩きづらい。ふとした拍子に一点を凝視してしまう。まるでそこに彼女がいるみたいに。

彼女とは誰か? もちろん驟子だ。

だが、俺の愛した驟子を思い出そうとすると、それは驟子の身形をした春架になる。それはとても奇妙な感覚だった。あの姉妹は死してさらに一体となろうとしているかのようだ。

春架は生きていた時以上に、俺の意識を支配しつつあった。

気がつくと、足が学校へ向かっていた。

誰もいない朗読部部室へ。

そこは滅びし神殿。そして、春架が最期を迎えた場所。

だが、それでもなお俺の居場所であることに違いはない。

「お帰り」

俺を待っていたのは——道子だった。彼女はＰＣを机の上に戻しているところだった。

「これ、壊れてなかったみたいね」

「そのようだな」

夏の暑さでＰＣが熱を持ちすぎたのを故障と判断してしまったようだ。

元の場所に返り咲き、埃を払われたＰＣのなかでは、少しばかり誇らしげに人魚が踊っていた。

窓の外から差し込む朧な月明かりが、そんな人魚を照らしていた。

「受験勉強はもういいのか？」

「昨日最後の一校の試験が終わったわ」

道子は私立受験組だから、三月を待たずに受験が終わったようだ。

「俺の匂いはもう一生分吸い込んだんじゃないのか？」

「忍って頭悪いのね。人の鼻は一生何かを記憶してなんかおけないのよ」

道子は澄ました顔でそう言うと、道端で拾ったというクロッカスの花を一輪小瓶に挿した。

「たぶん、自宅から通える大学に決まると思う」

「それで？」

「……べつに、それだけ。いろいろ大変だったわね」

「まあな」

「婚約者を失ったあなたは、これからまだいろんな女の人と恋をするでしょうね」

「婚約者を失ったばかりの男にかける言葉とも思えないな」

「でも事実だわ。そして、それを近くで見ているのは、私にとってとても苦しいし辛いことよ。だから、卒業して環境が変わるのはいいことだと思うの。あなたを必要以上に意識しなくて済むし、あなたも自由に活動できる」

「ずいぶん、大人な決断だな」

俺は皮肉をこめたつもりだったが、道子はべつだん気にした様子もなく続けた。

「私とあなたは何ていうか、とてもうまが合ってる気がするし、いつかは一緒になれるのかも。でもそれはきっと今ではないのよね。だから、しばらくの間、さようなら。でも愛してるわ、ずっと」

道子はそう言って俺に抱きついた。久しぶりの道子との抱擁だった。

俺はその髪の馨しい香りを肺の奥まで吸い込んだ。

彼女と離れたくない、と強く思った。

けれど、俺には彼女を引き留める手立てがない。なぜなら、俺たちはまだ人生の入口にいるからだ。たとえここで彼女の身体をもう一度求め、それに彼女が応じたとしても、何も変わらない。

「また抱きたくなったら、おまえがどこへ逃げようと抱きに行くさ」

「馬鹿……」

道子はどうにか俺から身体を離すと、頬にキスをし、出ていった。

女と気持ちよく別れるコツは一つだけ。ちょっとだけ追いかけてやることだ。ほんの気持ちでいい。それで女は満足する。次の展開を残す意味でも、それがベストだ。

〈いつか〉と道子は言った。

いつか──道子の言うような未来がくるだろうか？　まだ俺には明確な答えは出せそうにない。ただ幾分気持ちのすっきりしている部分があるのも確かだった。

たとえば、一年前に驟子が死んでいたことは悲しむべきだが、同時に驟子がカラスに心揺れていると考えてきたここ数カ月の鉛色の感情は洗い流されていた。驟子との愛は、一年前の死でピリオドが打たれていたのだ。彼女との日々を回想するには、今はまだ春架の影が邪魔をするが、いずれは美しい思い出として捉えることができるだろう。それはこの悲惨な一年で得た、わずかな収穫と言える。

室内は冷えている。

ＰＣ画面のなかでは、人魚が踊りながらこちらにウィンクしてみせた。

それを見て思い出した。ＰＣのとなりにいくつか重ねて置かれているディスクの束。その上にある春架からの贈り物をいまだに開封していなかったことを。

俺は包みを丁寧にはがした。現れたのは、録画用のＤＶＤだった。ケースからディスクを取り出してＰＣに挿入した。プレイヤーが起動し、画面が暗くなる。俺は前のめりになって画面を見つめた。

だが——次の瞬間、思わず後ずさった。

そこには春架が映っていたのだ。

「こんにちは。あなたが私のナイフから逃れて、私と向き合えているといいわね」

春架はそう言って手を振っていた。

にこやかに、いつもの笑顔で。

「私は春架——」そこで言葉を止め意味ありげに笑うと、かすれ声に変えた。「私は驟子。どちらでもいいのよ。もちろん二重人格じゃないわ。私は人格、身体ともに完全に単体の存在。もしかしたら私があなたを殺そうとしたことで、あなたは私のことを春架だと思い込もうとしているかも知れないわね。驟子は一年前に死んだのだって。それが正解かも知れない。

でも、反対もあると思わない？　杉村驟子がすべてを演じていた、という可能性。〈春架〉

という人格がいるかのように振る舞っていたのも、すべて演技だったとしたらどうかしらね？　そう考えるとすべての行動の意味は変わってくる。

　ある場面では勝者だった者が敗者になり、ある場面で敗者だった者は勝者になるのかも。私の言っている意味、わかるわよね？　あなたとカラスのことよ」

　背景から察するに、職員室で撮影されたようだ。

「私は騾子なのか春架なのか。そして、あなたを愛していたのか、カラスを愛していたのか。私は間もなくこの世から飛び立つつもりよ。あなたは私の死をもってすべてにピリオドを打ったつもりになっているかも知れない。

　でもそれは無理というものよ。私という謎は永遠にループする。私のなかに住まうサロメは、すべての女のなかに潜むサロメでもある。あなたはこれからの人生、どんなに深く誰かを愛しても、私の言葉を思い出すことになる。そして考えるでしょう。彼女は本当に自分を愛しているのか、彼女は本当は何者なのか――。

　あなたが私たちの身体をどれだけ自在に我が物にしても、あなたは何も手にすることはできないの。あなたは必ずこの戦いに負けるわ。何百人、何千人という女性を抱いても、あなたは女に敗北するのよ。

　あなたを愛しているわ。これは嘘。

　カラスを愛しているわ。これも嘘。

でもどちらかは本当。そう信じれば心が弾み、信じられなければ、そのときから永遠の闇は始まるのかも。また会いましょう。私は何度でもあなたの人生に現れるわ」

俺はウィンドウを閉じた。

——また会いましょう。私は何度でもあなたの人生に現れるわ。

彼女は、春架だったのか、それとも騾子だったのか。

愛されたのは、カラスか、俺か。

現実はつねに表と裏が入れ替わる。

それが彼女の狙いだろう。サロメさながらに、死よりも恋に価値を置く者にしかできぬ、命を賭《と》した恋の駆け引き。

俺は彼女が春架しか知り得ないことを語ったから、彼女が春架だと断定した。だが、今になってみると確信が揺らぐ。その話を春架は単純に騾子にしていたのかも知れない。何でも打ち明け合う姉妹なら、互いの情報は知っていただろう。

そこでふと思い出す。

——俺は君の人格を無視して玩具として扱うこともできる。

確かに俺は騾子にそう言った。だが、あの台詞だって、ふつうに考えれば春架が知ることはできないはずなのだ。そういう意味では、彼女はむしろ騾子だと断定したくなる。そして、情報を共有する姉妹の前では、すべての根拠は無効になるのだ。

しかし、一年前の死体にはキスの痕がなかった。この事実はどう捉えるのか？　これもまたどちらとも考えられるだろう。痕がどれくらいの期間残っているのかは、個人差もある。ファンデーションで隠していたという可能性もある。彼女が驟子だったなら、〈春架〉に浸食されるふりをしたのは、忍への秘めた愛を俺との結婚で汚さぬためとも考えられる。

胸のなかでサロメが踊りだす。

俺はDVDを取り出して半分に割り、ゴミ箱に捨てた。

窓を開ける。凍てつくような寒さのなかに、春らしい風が一瞬だが入り込む。

月の光が、手を伸ばして俺の頬を撫でたようだった。

廊下をコツコツと歩く音がする。

道子が戻ってきたのかも知れない。そうだったらいい。俺は今無性に一人でいたくない気分だった。

だが——道子を求める気持ちを、彼女の声が遮る。

——私という謎は永遠にループする。私のなかに住まうサロメは、すべての女のなかに潜むサロメでもある。

はじめから俺をこの〈永遠のループ〉に陥れるつもりだったのだろう。

——私より先に死なないでね。お願いよ。忍さん……。

いつかの眠りに落ちる前の言葉すら、現在の俺に託された懊悩《おうのう》のためだったと思えてくる。

人魚が手を振り、シャットダウンされると、窓の外で鴉が一羽、枯れ木に止まってこちらを見つめているのに気づいた。

消えろ。そう念じつつ、目を閉じる。

目蓋の裏に春架でも驟子でもない〈彼女〉が現れ、踊りだす。

〈彼女〉が愛したのは——。

その答えは今宵の月の光のように掌をすり抜ける。

光が踊るとき、そこにサロメが現れる。サロメは、黒い冬を溶かし、世界を極彩色で塗り替える。だが、その輝きは、ひどく危険な麻薬でもある。

俺は慌てて目を開けた。

鴉はもう飛び立ってしまい、月にはいつの間にか灰色の雲がかかってその姿が隠されていた。

ここはどこだ？

気づかないうちに、暗闇のなかに取り残されてしまった。

俺は道子の名を呼んだ。

もう足音はしない。

いや、最初からそんな音はしなかったのか。

それでも、俺は繰り返し道子の名を呼び、念じた。

ここから連れ出してくれ。

とこしえのサロメに連れ去られるその前に。

fin

初出一覧

「青い春と今は亡きサロメ」　ハヤカワミステリマガジン二〇一四年十二月号
「朱い夏とふたたびのサロメ」ハヤカワミステリマガジン二〇一五年三月号
「白い秋とはじまりのサロメ」ハヤカワミステリマガジン二〇一五年五月号
「黒い冬ととこしえのサロメ」書き下ろし

四《し》季《き》彩《さい》のサロメまたは背徳《はいとく》の省察《せいさつ》

二〇一五年四月二十日　印刷
二〇一五年四月二十五日　発行

著　者　森《もり》　晶《あき》麿《まろ》

発行者　早　川　浩

発行所　株式会社　早川書房
郵便番号　一〇一・〇〇四六
東京都千代田区神田多町二ノ二
電話　〇三・三二五二・三一一一（大代表）
振替　〇〇一六〇・三・四七七九九
http://www.hayakawa-online.co.jp

定価はカバーに表示してあります
©2015 Akimaro Mori
Printed and bound in Japan

印刷・株式会社精興社　製本・大口製本印刷株式会社

ISBN978-4-15-209537-4 C0093

乱丁・落丁本は小社制作部宛お送り下さい。
送料小社負担にてお取りかえいたします。

本書のコピー、スキャン、デジタル化等の無断複製は著作権法上の例外を除き禁じられています。

アガサ・クリスティー賞受賞に輝く、黒猫シリーズ第五弾

黒猫の約束あるいは遡行未来

森 晶麿

46判上製

フランス滞在中の黒猫は、恩師の依頼で、建築家が亡くなり、設計図すらないなかでなぜか建築が続いている〈遡行する塔〉を調査するため、イタリアへ向かう。一方、学会に出席するために渡英した付き人は、滞在先で突然奇妙な映画への出演を打診され……。離ればなれのまま、二人の新たな物語が始まる。